하나의 거대한 서점,

진 보 초

하나의 거대한 서점,

진 보 초

박순주 지음

니시간다공원
西神田公園

 네코노혼다나

오쿠노가루타점 ◆
레코드샤 ♬

하
쿠
산
거
리

白山通り

Ⓐ4
Ⓐ3   Ⓐ5

미타선三田線・신주쿠선新宿線・한조몬선半蔵門線 진보초역神保町駅

📖 Ⓐ원더
북하우스 카페

📖 야구치서점

카페 티샤니2F

간
다
고
서
센
터

🖥 진보초북센터 카페1F
📖 신센도서점2F

Ⓐ6
Ⓐ7

📖 메이린칸서점
📖 잇세이도서점

🍴 사보우루

📖 다카야마서점1F
🍴 카레 본디2F
📖 유메노서점2F
📖 도리우미서방3F
📖 아즈사서방4F
📖 미와서방5F
📖 군푸하나노도5F
🖼 라쿠고 카페5F
◆ 스고쿠야7F
🍴 뮤직 라운지 부지8F
♬ 후지레코드사9F

📖 유
히
카
쿠

사쿠라 거리 さくら通り

Ⓐ8   Ⓐ9

군푸하나노도薫風花乃堂
라쿠코 카페らこカフェ
스고로쿠야すごろくや
뮤직 라운지 부지ミュージックラウンジブルジー
후지레코드사富士レコード社
진보초북센터 카페神保町ブックセンターカフェ
신센도서점秦川堂書店
메이린칸서점明倫館書店
잇세이도서점一誠堂書店
책거리CHEKCCORI
고미야마서점小宮山書店
@원더JG@ワンダーJG
야기서점 고서부八木書店古書部

야기서점 본사八木書店本社
도쿄고서회관東京古書会館
야마노우에호텔山の上ホテル

하쿠산 거리

레코드사レコード社
오쿠노가루타점奥野かるた店
네코논혼다나猫の本棚

사쿠라 거리

유히카쿠有斐閣

은방울꽃이 방울방울

스즈란 거리 すずらん通り

스즈란은 '은방울꽃'이란 뜻으로 행복을 부르는 꽃이다. 도쿄에만 스즈란 거리가 약 20개 정도 있는데, 그중에서 가장 오래된 곳이자 지명의 원조가 바로 간다 스즈란 상점가다. 저녁에 상점가를 걸으면 은방울꽃처럼 생긴 하얀 종 모양 가로등이 은은하게 발길을 비춰준다.

책장마다 주인이 다른

파사주 바이 올 리뷰스

PASSAGE by ALL REVIEWS

20년 전 처음 간다 진보초 고서점 거리를 왔을 때가 기억난다. 오래된 습한 공기에 섞인 쾨쾨한 종이 냄새와 찌든 담배 냄새, 아직도 생생하다. 어릴 적 외할머니네서 맡은, 당신이 상상하는 것보다 훨씬 더 오래된 곳임을 후각에서부터 상기시키는 그 특별한 냄새 말이다. 심지어 거리를 오가는 사람들에게마저 그 냄새가 배어나는 게 아닌가. 화장품과 향수로 길들어진 나와는 어울리지 않는 낯선 동네, 쇼와시대(1926~1989)에서 멈춰버린 이상한 세계. 진보초의 첫인상이다.

　도에이 신주쿠선 또는 도쿄메트로 한조몬선을 타고 진보초역에서 내린 후 밖으로 나오면 바로 고서점 거리가 펼쳐진다. 야스쿠니 거리와 하쿠산 거리가 교차하는 진보초 사거리를 중심으로 밀집한 고서점은 세월이 흘러 분위기는 조금씩 달라졌어도 여전히 제자리를 지키는 곳이 많다. 가게마다 달린 낡은 간판, 손때 묻은 책수레, 손으로 쓴 안내문이 현재 내가 사는 세상과는 다른 모습으로 시각을 자극한다. 오전 10시쯤 진보초 거리를 거닐면 앞치마 입은 남녀 직원들이 가판대를 내놓거나 책을 정리하는 모습을 볼 수 있다.

큰길을 둘러본 뒤 이번에는 멋진 가로수와 깔끔한 돌바닥이 반갑게 맞이하는 스즈란 거리로 들어가 보자. 스즈란 거리는 월세가 비싼 야스쿠니 거리에서 서점이 하나둘 옮겨오면서 발전한 서점가다. 코로나19의 여파일까. 스즈란 거리 풍경은 내가 유학하던 시절과 비교해 꽤 달라졌다.

세계 어디든 코로나 팬데믹 전후로 모든 게 바뀌었다고 말한다. 2022년 3월까지 진보초는 유령 도시처럼 멈췄고, 소리 없이 활기차던 서점은 '임시 휴업'이 아닌 '폐점' 혹은 '기한 없는 휴업'이란 종이를 붙인 채 문을 닫았다. 처음 정은문고 대표님으로부터 진보초에 관한 출판 제의를 받았을 때 한숨을 쉬며 고개를 절레절레 젓던 나였으니, 당시 진보초 상황이 어떠했을지 상상이 가리라.

다행히 2023년 들어 진보초는 생기를 되찾으며 하루하루 변화하고 있다. 거닐다 보면 지금껏 보지 못한 새로운 서점이 하나둘 눈에 들어온다. 스즈란 거리에 있는 파사주 바이 올 리뷰스도 그중 하나다. 1층에 걸린 세련된 간판과 가게 인테리어가 유독 시선을 끈다. 아니, 고서의 심벌이자 쇼와시대 분위기가 물씬 풍기는 거리에 모던한

서점이라니! 호기심에 이끌려 얼른 들어가 구경하고픈 마음이 샘솟는다.

파사주 바이 올 리뷰스는 일본의 인기 서평 사이트 '올 리뷰스ALL REVIEWS'가 운영하는 셰어형 서점이다. 서로 다른 주인(서점, 출판사, 개인)이 책장을 빌려 마음대로 자신의 책방을 꾸며놓았다. 올 리뷰스는 전 메이지대학 국제일본학부 교수이자 평론가인 가시마 시게루鹿島茂 교수가 2017년 만든 아카이브 사이트로, 대중매체에 발표된 평론가와 작가의 서평을 자유로이 열람할 수 있다. 뿐만 아니라 매월 책 한 권을 읽고 독자와 함께 이야기를 나누는 독서회를 개최해 유튜브에 공개한다.

나도 책방 주인이 되고 싶다

올 리뷰스의 운영자이자 파사주 바이 올 리뷰스의 대표인 유이 로쿠로由井緑郎는 초판으로 끝나고 마는 갖가지 책, 특히 전문 서적과 주옥같은 서평이 시간이 지나면서 사라지는 것이 안타까웠다고 한다. 한 번 읽고 버려지는 책과 서평을 어떻게 하면 좀 더 오랫동안 간직하고 더 많은 사람에게 소개할 수 있을까, 궁리하다가 '한 사람 한 사람이 자신만의 책방을 만드는' 콘셉트를 떠올렸다. 시험 삼아 2022년 2월에 임시 매장을 열고 올 리뷰스 회원과 출판계 사람을 대상으로 책장 판매를 시작했다. 다행히 올 리뷰스 회원들이 적극 홍보를 해준 덕에 입회비가 꽤 비쌌는데도 반응이 좋아서 2022년 3월 정식으로 문을 열었다.

시모기타자와에서 '북숍 트래블러'라는 셰어형 서점을 운영하는 작가이자 올 리뷰스 회원인 와키 마사유키의 아이디어, 유이 로쿠로 대표와 그의 아버지인 가시마 시게루 교수의 작업을 바탕으로 간다고서점연맹 진보초서점조합의 협력을 받아 약 3년 만에 꿈을 이룬 것이다.

"아버지는 대학교수들이 퇴직하면서 연구실에 쌓아둔 책을 팔거나 그동안 써온 서평을 정리할 때마다 그걸 받아서 본인의 진보초 사무실에 모아두셨는데, 점점 책과 자료가 많아지면서 보관할 서고가 있었으면 하셨어요. 저는 책을 좋아하는 친구들과 모임을 열고 책 이야기를 나누고 싶어도 코로나19 때문에 만날 수 없어 답답한 상황이었고요. 아버지와 의견을 모아 두 문제를 해결할 장소로 서

서점에 들어서자마자 아치형 천장과 빼곡히 자리 잡은 고풍스러운 책장이 반겨
준다. 가운데에 놓인 팝업 테이블과 그 너머 잠깐 앉아 쉴 만한 좌석이 보인다.

점을 내기로 결정했지요."

　서점 이름은 전문점들이 즐비한 파리의 아케이드 거리 'PASSAGE'에서 따왔다. 인테리어 역시 유럽풍으로 아치형 천장에 샹들리에를 달고 출입문, 서가, 통로를 곡선으로 구성했다. 서가는 총 31개로 저마다 파리 거리명과 번지가 붙어 있다. 프랑스 유명 작가 이름을 딴 빅토르 위고 거리, 마르셀 거리, 프루스트 거리, 에밀 졸라 거리 등이 인상적이다. 그리고 책장마다 적힌 책장 주인 이름이 셰어형 서점이라는 정체성을 보여준다.

　이를테면 '발자크 거리 7번지 가시마 시게루 책장', 그의 저서인 『간다 진보초의 서사가고神田神保町書肆街考』를 비롯해 소장해온 『잃어버린 시간을 찾아서』 같은 책이 빼곡히 꽂혀 손님을 기다린다. 이 외에도 번역가 기시모토 사치코, 배우이자 작가로 활약하는 나카에 유리 등 유명 인사의 추억 가득한 헌책이 진열돼 있다. 초기에는 여러 시행착오를 겪었지만 월 임대료 5,500엔만 내면 누구나 손쉽게 책장 주인이 될 수 있기에 지금은 개인은 물론 하쿠스이샤, 겐코샤 같은 출판사가 꾸민 개성 넘치는

```
{ 1
  2 3
```

1 이노우에 히사시 책장.
  그 아래 그의 처제이자 작가인
  요네하라 마리 책장이 있다.
2 책장마다 프랑스 유명 작가 이름의
  거리명을 달았다.
3 몽테뉴 2번지 하시 나쓰키 책장,
  손수 만든 책갈피가 인상적이다.

책방 300여 곳이 입점한 상태다.

"문을 열기 앞서 올 리뷰스 회원들과 꾸준히 논의하면서 아이디어를 모았어요. 책장 번호를 인터넷 ID나 알파벳순으로 하면 특색도 없고 재미도 없다고 해서 고민 끝에 책장에 파리 거리명과 번지를 붙이기로 했죠. 책장 주인이 저마다 자신만의 주소를 가짐으로써 보다 책임감을 가지고 운영할 수 있으리라 생각했어요."

파사주 바이 올 리뷰스는 지식을 공유하는 장소인 한편 책을 사랑하는 사람이 모이는 장소다. 서점보다는 거대한 커뮤니티를 만들고 싶었다고 유이 로쿠로 대표는 말한다. 어떤 사람에게는 불필요한 책이 작가 사인이나 손길이 닿은 흔적이 있다는 이유로 다른 사람에게는 필요한 책이 된다. 책방 주인은 저마다 자신이 오랫동안 소중히 간직한 책과 취미로 수집한 소장품을 내놓는다. 개중에는 작고한 작가 사인이 담긴 책부터 지금은 절판된 고서에 이르기까지 희귀본이 수두룩하다. 그로 인해 독자는 새로운 독서 체험과 신선한 감동을 맛본다.

"서평 같은 이론서는 잘 팔리지 않아요. 하지만 유명 인사인 가시마 시게루 교수나 기시모토 사치코 번역가가 손수적은 사인이 있는 책이라면 잘 팔립니다. 기시모토 사치코 작가의 경우, SNS 팔로우만 3만 명 이상인 데다 팬들과 소통을 자주 하는 편이라 인기가 높잖아요. 덕분에 서점 홍보가 돼요."

처음 매장에 들어섰을 때 나는 이상한 나라에 온 앨리스처럼 너무 신나고 즐거워서 책 구경하느라 정신이 없었다. 사고 싶은 책이 얼마나 많은지, 결국 고르고 골라서 1942년에 출판된 『극장과 서재』를 구입했다. 근대 연출과 극 이론, 신극과 가부키, 근대 극장 등을 기록한 연극 이론서였다. 숨겨진 보물을 찾은 듯 환호성이 절로 나왔다. 게다가 요즘 3세대 한류 붐이 일어나서 전 세대에 걸쳐 한국 사랑이 높은 시기라 그런지 서가에는 대중문화론, 동화책이나 소설 번역본 등 다양한 한국책이 놓여 있었다.

'이노우에 히사시 책장'도 있었는데, 이노우에 작가의 사인이 있는 책과 희곡 『아버지와 살면』(정은문고) 한국어판이 눈에 띄었다. 사실 파사주 바이 올 리뷰스에 간 첫날, 이노우에 작가의 부인인 이노우에 유리 씨와 30분 간격으로 서점에 방문한 사실을 알았다. 서점 직원과 이노우에 히사시 작품과 서평 이야기를 나누고 난 뒤 이노우에 히사시 사무실에서 라인 메시지가 왔는데 30분 전에 유리 씨가 순주 씨 닮은 여자를 본 것 같다고. 그날 저녁 서점 직원이 이번 취재는 운명인 것 같다며 잘 부탁한다는 이메일을 보내왔다.

책을 좋아하는 사람이라면 한 번쯤 꿈꾸었을 책방 주인! 파사주 바이 올 리뷰스는 그 꿈을 실현시켜주는 곳이다. 책장 하나를 빌려 주인으로서 책을 구비하고 재고를 관리하고 SNS로 홍보하고 오프라인에서 판매하는 시스템이다. 책장마다 책방 주인 정보가 담긴 QR코드가 붙어 있어 스마트폰으로 찍으면 바로 도서 정보나 재고량을 알 수 있다. 게다가 아직 현금 거래가 더 많은 일본에서 신용카드나 페이페이 같은 모바일 결제 서비스로만 책을 구매하다니 놀랍기 그지없다. 옛것을 기억하는 진보초에서는 혁명적인 아이디어가 아닌가. 또한 계산대 옆 중앙에 위치한 테이블은 매주 주제별, 점주별로 바뀌어 책만으로는 지루할 법한 공간을 좀 더 흥미롭게 꾸며줄 뿐만 아니라 서점에 오는 손님과 점주의 커뮤니케이션을 유도한다.

"다양한 노포가 한 공간에 모여 서로 소통하는 셰어형 서점을 만들고 싶었어요. 대체로 일본의 오래된 서점은 유통과 관련해 불만이 많거든요. 예를 들어 자신이 쓴 책이나 좋아하는 책을 팔려면 서점을 통해야 합니다. 서점을 열기 위해 설비나 자격 등 준비해야 할 것이 많은데, 그럼 주식회사와 같은 구조를 세우지 않으면 안 돼요. 셰어형 서점이 생기면 이런 불편함이 해소됩니다."

유이 로쿠로 대표는 과거 리쿠르트 회사에서 마케팅을 한 경험을 토대로 웹서비스를 갖추었다. 프로세스 이코노미 전략을 참고해 온라인 커뮤니티를 적극 활용하는 동시에 SNS 홍보를 통해 인지도를 쌓았다. 고서점 거리 진보초에서 웹서비스를 실행한다는 것 자체가 새로운 도전이었다. 대형 서점이나 체인점은 오프라인에서 브랜드 자체로 홍보가 되는 반면 작은 서점이나 고서점은 다르다. 웹서비스를 마케팅 도구로 활용하면 좋을 텐데, 현재로

밤에도 화려한 입간판

선 주문과 판매 목적으로만 사용될 뿐이다.

"서점이 사라지지 않고 살아남으려면 적극적 지지를 보내줄 팬클럽을 만들어야 합니다. 최근 서점들은 편의점처럼 출판사에서 출고된 책을 받아 진열하고 판매만 하지, 경영을 하려고 하지 않아요. 웹서비스 및 SNS를 활용해 책을 소개하고 서점을 홍보해 새로운 기반을 구축하고 팬층을 넓혀가야 해요. 파사주 바이 올 리뷰스는 체계적인 관리와 각 분야 네트워크, 지인들의 소중한 의견을 도입해 일본, 더 나아가 세계의 서점이 없어지지 않도록 하는 것이 목표입니다. 이런 방식으로 일하는 것이 너무 즐거워요."

일본 출판 문화는 세계에서 주목할 만큼 다양하다. 도쿄에서 발행된 온갖 책과 잡지는 물론 각 지방에서 출간된 간행물과 출판물까지…… 하지만 서서히 책은 사라지는 중이다. 수도권에 집중된 출판 문화는 지방 서점과 지방 출판사를 더욱 힘들게 한다. 이는 바로 경제 문제로 이어지며, 유이 대표가 우려하는 서점이 사라지는 사태를 야기한다. 파사주 바이 올 리뷰스는 그 대안으로 셰어형 서점을 제안한다. 셰어형 서점이란 새로운 형태를 통해 지방 출판사와 지방 서점을 동시에 홍보하는 마케팅을 펼침으로써 책을 유통하고 판매하는 전략이다. 또한 지방 서점과 직접 정보를 교환하고 커뮤니티를 만들어 충성심 높은 독자를 늘려간다는 계획이다. 그렇게만 된다면 유이 대표가 말하는 새로운 팬클럽이 만들어지는 셈이다.

서점도 판매만이 아닌 경영을

가시마 시게루 교수는 2003년부터 2009년까지 진보초 사무실에서 지내며 두 가지 난제에 부딪혔다. 첫째, 진보초 서점은 이른 저녁에 문을 닫는다. 둘째, 주말이면 한산하다. 그가 『간다 진보초의 서사가고』를 쓰면서 조사한 바에 따르면, 1955년 무렵까지는 저녁 7시 이후 서점 문을 닫은 뒤에도 가게 앞에 노점을 열고 책을 판매했다. 서점조합도 같이 힘을 모았다고 하니, 당시 노점 규모가 얼마나 컸을지 짐작이 된다. 그런데 경찰 단속이 이루어지면서 없어졌다는데, 다시 책 노점상이 부활하길 원하는 것 같다.

2023년 초, 파사주 바이 올 리뷰스가 들어선 건물 3층에 강연실 겸 교실로 활용할 엔틱룸이 완성됐다. 수많은 문화인이 모여 서로 책 이야기를 나누고 정보를 주고받는 공유 공간으로 꾸며 그들과 여러 시도를 할 예정이다. 먼저 가시마 교수와 유이 대표의 숙원 사업인 절판된 책을 재출간하는 프로젝트를 진행한다고. 절판된 책은 데이터가 없기 때문에 사라지고 만다. 출판인이 다수 모여드는 이곳에서 힘을 합친다면 절판된 책 출판이 가능하다는 설명이다.

"출판 원본을 구입하거나 절판된 책을 혼자서 찾기란 어려운 일이에요. 하지만 많은 사람이 힘을 합치면 좀 더 수월해지죠. 앞으로 복간 작업과 함께 파사주 바이 올 리뷰스 웹서비스를 보강할 생각입니다. 사실 SNS로 정보를 전달하는 일이 만만치 않아요. 도서 입고나 출고 정보, 찾아와준 손님을 향한 감사한 마음을 되도록 세세하게 전하려다 보니 그런 것 같아요. 이런 노력을 보고 흥미를 느껴 서점에 들러주길 바랄 뿐이에요."

일본은 보수적인 사회다. 새로운 것을 도입하고 받아

1 두꺼운 프랑스 원서가 눈에 띈다.
2 알렉상드르 뒤마 거리의 책장들.
3 자체 제작한 오리지널 에코백.
4 재생지로 만든 손바닥 크기 포켓북,
  개성 넘치는 그림이 구매욕을 부추긴다.

1 2 3
4

가시마 시게루의 『서평가 인생』

『간다 진보초의 서사가고』

가시마 시게루 교수가 지쿠마서방이 발간하는 잡지 『지쿠마』에 연재(2010~2016)한 글을 모아 2017년 출간한 책. 세계 최고의 고서점가 간다 진보초는 어떻게 만들어졌을까. 에도시대부터 현재에 이르기까지 진보초의 역사와 일화를 진지하게 풀어간다. 에도시대 진보초란 지명 탄생, 메이지시대 도쿄대학 설립을 계기로 고서점가 형성, 서점과 출판사와 도매상과 소매상의 얽히고설킨 출판업, 나쓰메 소세키로 대표되는 문인과의 인연, 간토대지진과 2차 세계대전을 거쳐 재건하기까지 진보초의 영고성쇠를 담고 있다.

들이는 데까지 사회적 합의 과정이 어려울 뿐 아니라, 국가에서 많은 검토를 통해 법규를 만들어나간다. 그런 사회에 익숙한 일본인에게 새로운 것의 도입은 더딜 수밖에 없다. 15년 전과 다름없이 늘 그대로였던 진보초 역시 그렇다. 하지만 시대는 변화한다. 우리는 지금 눈에 보이지 않는 인터넷으로 연결된 작은 무선 기계를 통해 정보를 얻는다. 반면 활자로 많은 정보를 주던 책에게는 점점 무성의한 태도를 보인다. 그러면서도 과거 향수를 찾으려 애쓴다. 진보초 고서점 거리는 있는 것을 지키되 앞으로 어떠한 방식으로 책과 사람을 마주해야 할까. 파사주 바이 올 리뷰스를 보면서 어린 시절 배웠던 온고지신을 떠올린다.

"손님이 파사주 바이 올 리뷰스를 단순한 고서점이 아닌 이상한 가게로 느꼈으면 좋겠어요. 부동산 중개인처럼 원하는 이에게 장소를 빌려주고, 도쿄 서점과 지방 서점 사이에서 책을 중개하고, 또 책과 사람을 연결해 새로운 길을 열어가게끔 도와주는 곳으로요. 이곳이 이상한 고서점을 만드는 새로운 기지가 되었으면 합니다."

색다른 시도로 진보초에 새바람을 불어넣는 젊은 서점, 이상한 가게 파사주 바이 올 리뷰스의 앞날을 기대해 본다.

유이 로쿠로 대표

파사주 바이 올 리뷰스PASSAGE by ALL REVIEWS
주소: 東京都千代田区神田神保町1-15-3 サンサイド神保町ビル1F, 3F
영업시간: 12시~19시(월-일)
홈페이지: passage.allreviews.jp
SNS: instagram.com/passagebyallreviews

파사주 바이 올 리뷰스 카페

파사주 바이 올 리뷰스 입구 옆 엘리베이터를 타고 3층에 올라가면 2호점이 있다. 1층 분위기와 비슷한 엔틱한 북카페로 들어서자마자 여러 점주가 운영하는 책장이 보인다. 매대 쪽에는 책 외에도 액세서리, 소품 등 예술가가 직접 만든 굿즈가 즐비하다. 차 한 잔 마시며 쉬기 좋은데, 장시간 독서 또는 작업을 하려면 프리 드링크를 선택하자.

고서 마을, 새 책 향기 물씬 나는

도쿄도서점

東京堂書店

진보초역 A7 출구에서 나와 좁은 골목으로 몸을 틀면 많은 사람이 줄을 서서 기다리는 광경과 마주한다. 1955년 개업한 나폴리탄 맛집 '사보우루'의 카페와 레스토랑이 나란히 붙어 있어서다. 맛있는 냄새가 솔솔 풍기는 사보우루를 뒤로한 채 스즈란 거리를 따라 쭉 걷다 보면 에메랄드 초록빛 외벽이 인상적인 건물이 눈에 들어온다. 진보초 고서점 거리에서 신간을 취급하는 도쿄도서점이다. 근처 작은 고서점과 달리 인테리어가 꽤나 현대적이고 매장 규모 또한 큰 편인데, 빨간 머리 앤의 초록 지붕이 연상돼 안으로 들어가기도 전에 마음이 설렌다.

도쿄도서점의 역사는 130여 년 전으로 거슬러 올라간다. 1890년 2층 목조 건물에서 문을 연 도쿄도서점은 출판부와 서적 중개부를 시작으로 점점 사업을 확장하며 1928년 간다 니시키초에 740평 남짓한 사옥을 새로 지을 정도로 성장했다. 하지만 전쟁으로 인해 건물 대부분이 소실되는 아픔을 겪었다. 이후 1964년 출판과 소매를 분리, 도쿄도출판과 도쿄도서점으로 나뉘어졌고 1982년 지금 자리에 6층짜리 건물을 세워 전 층을 서점으로 사용했다. 여러 부침을 겪으면서도 한자리를 꿋꿋이 지켜온

결과 2020년 창업 130주년을 맞이했다.

현재 일본 출판 유통의 양대 산맥 중 하나인 도한東販과도 인연이 깊다. 1949년 창립한 도한은 일찍부터 컴퓨터 및 온라인 시스템을 도입해 출판 업계를 이끌어온 중개상이자 도매상이다. 특히 판매 실적과 입지 조건을 바탕으로 도서를 배본하는 네트워크를 구축한 것으로 유명하다. 일본에서 단행본과 잡지는 기본적으로 '출판사→중개상(도매상)→서점'으로 흐른다. 이때 출판사는 중개상에 일정 기간 출판물을 위탁하고 그 기간 내에 팔리는 만큼 대금을 받는다. 도한과 닛판日販 두 업체가 전체 위탁 물량의 70% 이상을 차지할 만큼 중개상은 중요한 역할을 담당한다. 반면 출판사와 서점 간 직거래는 매우 드물다. 그래서 출판사나 서점에게 중개상은 든든한 버팀목 같은 존재인데, 그 도한의 창립 멤버 중 일부가 도쿄도서점 중개부 출신이라고.

층마다 뚜렷한 콘셉트가 매력적

일단 들어가기 앞서 진한 하늘색 쇼윈도를 둘러보자. 1층 전면을 통유리로 마감해 백화점 쇼윈도 못지않은 크기와 화려함을 뽐낸다. 신간 알림판, 담당자 추천 도서, 도쿄도출판 서적, 이달의 기획전 포스터, 개봉 영화 포스터 등등 찬찬히 구경하다 보면 시간 가는 줄 모른다.

그중 단연 돋보이는 것은 도쿄도서점 주간 베스트셀러 코너. 단행본과 문고본으로 나눠 매주 판매 순위를 발표하는데, 온라인 서점이나 도한 같은 대형 중개상이 발표하는 전국 랭킹과 비교해보면 재미있다. 일본은 보통 단행본이 먼저 나오고 시간차를 두고 문고본이 나온다. 특히 문고본은 일본 독서 문화의 중요한 축이다. 고전이나 소설, 시집 등 다양한 문고본이 세상에 나오고 활발하게 소비된다. 값이 싸고 갖고 다니기 편리해 아예 다른 상품군으로 분류되며, 문고본이 베스트셀러 1위가 되는 경우도 적지 않다. 도쿄도서점 역시 문고본 매출이 높은 편이다.

유리문을 지나 안으로 들어오면 왼쪽에 간단한 식사와 음료를 파는 '페이퍼백 카페' 창가 좌석, 오른쪽에 2층으로 올라가는 계단이 보인다. 그 계단 뒤편에는 손님이 좀 더 편안한 시간을 즐기도록 나무 의자와 테이블을 갖춘 널찍한 공간이 자리한다. 바구니에 책을 담은 뒤 자리를 잡고 앉아 조용히 자신만의 독서 삼매경에 빠진 사람

1 'Paper Bake Café'라 적힌 간판이
유럽풍으로 느껴진다.
2 쇼윈도에는 직원이 추천하는
개봉 영화와 신간을 진열한다.

들을 보고 있자니 나까지 느긋해지는 기분이다. 다른 곳에 비해 커피값이 싼 데다 진보초에서 보기 드물게 신간을 파는 서점이라 주말이면 늘 사람들로 북적거린다. 처음 인터뷰를 하러 갔을 때는 코로나 팬데믹이 종식된 지 얼마 지나지 않은 시기라 카페에 좌석이 몇 개 없더니, 시간이 지날수록 점점 늘어나 이제는 손님이 옹기종기 앉아 책을 보거나 수다를 떨며 식사하는 모습이 일상이다.

차분한 조명 아래 짙은 밤색 책장이 잔잔한 분위기를 연출하는 가운데 1층 종합 계산대 앞 커다란 진열대가 시선을 사로잡는다. 아, 저게 그 유명한 '군함'이구나. 정식 명칭은 '지혜의 샘'이지만 갑판처럼 넓고 평평한 매대 위에 그보다 작은 매대, 또 그 위에 3층짜리 선반이 놓인 모양새가 마치 군함 같아서 예전부터 단골들은 그렇게 불렀다고. 장르를 불문하고 화제의 신간과 베스트셀러를 죽 늘어놓아 쓱 훑어보기만 해도 지금 어떤 책이 인기 있는지 무슨 주제가 주목받는지 한눈에 들어온다. 지혜의 샘은 도쿄도서점을 대표하는 얼굴이기에 판매량을 무시할 순 없지만 기본적으로 담당자의 재량으로 진열할 도서를 선정한다. 빠르면 이삼일 간격으로 책을 교체하는데, 어

1 2
3

1 군함이라 불리는 '지혜의 샘' 매대.
2 도쿄도서점 외관.
3 에도시대부터 도쿄의 문화사를
　한눈에 보여주는 서가.

떤 책은 일주일 혹은 한 달 넘게 두기도 한다. 워낙 명물인지라 이곳 책만 몇 권씩 사서 돌아가는 손님도 많단다.

도쿄도서점은 층마다 콘셉트가 명확하다. 1층은 '인간의 미래를 읽는', 2층은 '인간의 활동을 파악하는', 3층은 '인간의 사고를 더듬는'이란 주제 아래 분야별로 책이 즐비하다. 입구 왼쪽에 설치된 에스컬레이터를 타고 2층으로 올라가면 제일 먼저 실용 서가와 마주한다. 그 옆으로 자연과학, 사회과학, 예술이 자리한다. 3층은 문학을 중심으로 인문 사회 서적이 진열돼 있다. 일본 문학, 해외 문학, 시가 문학, 아동 문학 등 서가마다 책이 빼곡한데, 한쪽 벽면에 가지런히 꽂힌 전집 서가는 그야말로 압권. 나쓰메 소세키, 다자이 오사무, 모리 오가이…… 서로 다른 출판사가 펴낸 형형색색 전집 세트가 황홀할 지경이다. 정신 줄 단단히 붙들지 않으면 충동구매 늪에 빠질 수 있으니 주의해야 한다.

또 다른 특징은 층별로 작가 사인회를 비롯해 해당 분야와 관련된 이벤트나 기획전을 다달이 진행한다는 점이다. 매장 곳곳 눈에 띄는 장소에 전용 선반이 따로 마련돼 있는데, 1층은 입구 바로 왼쪽 벽에, 2층과 3층은 에스컬레이터에서 내리자마자 보이는 정면에 배치하는 식이다. 기획전이 인기를 끌면 그 목적으로 서점을 방문하는 고객이 늘어남과 동시에 매출이 증가하기에 무척 신경 쓰는 편이라고. 이 외에도 에스컬레이터 벽면에 이벤트 포스터를 붙이거나 계단 벽면을 활용해 사진전을 개최한다. 층과 층 사이를 이동하는 순간마저 고객의 시선을 사로잡으려는 전략이다.

인간의 사고를 더듬는 3층 지방 출판사 서가

그런 점에서 3층에 자리한 지방 출판사 서가는 그냥 지나칠 수 없다. 일본 전국 지방 출판사와 소규모 출판사가 펴낸 서적을 한곳에 모아놓은 덕분에 다른 서점에서는 보기 힘든 신기한 책을 발견하는 재미가 쏠쏠하다.

"지방 출판사 서가는 리뉴얼 전부터 있었어요. 당시 점장이 지방 출판사나 작은 출판사의 좋은 신간이 홍보나 마케팅 부족으로 널리 전파되지 못한 채 헌책이 되고 마는 현실이 안타까워 시작했다고 해요. 사실 고객 호응도는 그다지 높은 편이 아니에요. 하지만 지방 출판사는 대형 출판사에 비해 신간을 대량으로 출간하는 구조가 아니기에 좀 더 많은 독자에게 소개하는 데 의미를 둡니다."

사세 메구미佐瀬芽久美 점장의 설명이다. 요전번 들른 파사주 바이 올 리뷰스에선 1인 출판사가 책장을 공유받아 서점을 운영해 놀랐는데, 도쿄도서점에선 그보다 훨씬 더 널찍한 공간을 지방 출판사에게 선뜻 내어주다니. 감탄하는 한편 고마운 마음이 들었다. 발품을 팔지 않고도 한자리에서 매력적인 지방 출판물을 만날 수 있으니 말이다. 지역 특성을 살린 소재나 잘 알려지지 않은 향토 작가가 쓴 작품을 종이책으로 엮어내는 지방 출판사가 많음에도 도쿄에서 그 책들을 구하기란 쉽지 않다.

30년 전까지만 해도 진보초에서 신간을 취급하는 대형 서점은 산세이도 본점, 쇼센 그란데, 도쿄도서점이 있었지만, 산세이도 본점이 리뉴얼로 인해 임시 점포로 운영되면서 지금으로선 오랜 전통을 지닌 신간 서점은 도쿄도서점이 유일하다. 공생하기 위해 저마다 여러 방법을 연구하는 가운데 도쿄도서점은 다른 곳에서 보기 어려운 책, 자기 색깔 강한 책을 소개하려고 노력한다. 진보초는 명실공히 '책의 마을'이기에 손님이 찾지 않는다는 이

1 3층 지방 출판사 서가.
2 이 서가에서 찾은 『재일 코리안
   문학사 1923~2023』.
3 지방 출판사에서 출간한
   도서가 가지런히 꽂혀 있다.
4 깔끔한 서체의 안내판.

```
2
1   3
    4
```

1 핀란드 건축가 알바 알토의
   영화 개봉에 맞춰 진행된 기획전.
2 에스컬레이터 옆 영화 포스터가
   올라가는 동안 호기심을 자극한다.

유로 인기 있는 책만 내놓을 수는 없어서다. 일종의 사명감이랄까. 아니, 책이 팔리지 않는다고 진열대에서 금세 빼버리면 책의 마을이라는 정체성을 잃고 손님의 발길이 끊기는 미래를 걱정하는 걸까.

"30년 전 모든 층이 서점이던 시절에는 국내 신간부터 외국 서적까지 들여놨다고 해요. 그러다 제가 입사할 즈음 5층으로 줄었고, 다시 2002년 대대적인 리뉴얼을 거치며 지금처럼 3층까지만 서점으로 쓰게 됐죠. 세계적 흐름이겠지만, 일본 출판계는 오래전부터 불황에 시달렸어요. 여전히 대중적으로 사랑받는 작가와 책이 있다고 해도 예전보다 안 팔리는 건 사실이죠. 게다가 종이책은 어느 시점이 오면 공간적 한계로 폐기해야 하는데, 이때 비용이 발생해요. 결국 2012년 3월, 도서 판매만으론 서점 운영이 힘들다는 판단하에 1층 한쪽에 '페이퍼백 카페'를 열었지요."

레트로 감성으로 무장한 작은 상점과 카페가 많은 스즈란 거리에서 현대적인 인테리어와 책을 겸비한 페이퍼백 카페는 큰 존재감을 발휘한다. 입구에 놓인 손으로 쓴

1 나무 의자와 테이블이 놓인 카페,
  벽면에 기획전 포스터가 붙어 있다.
2 스즈란 거리와 접한 창가 좌석.

메뉴와 음식 사진이 붙은 입간판을 들여다보니 타코라이스, 카레라이스, 샌드위치가 적혀 있다. 진보초 하면 떠오르는 이미지와 사뭇 다른 요리다. 주로 찾는 사람이 남성인 점을 고려해 근처 카페나 식당은 대부분 햄버그스테이크, 중국식 라면, 튀김덮밥 같은 남성 취향의 기름지고 양 많은 음식을 판다. 타코라이스나 샌드위치처럼 채소가 듬뿍 들어간 요리는 아무래도 여성 취향일 터. 덕분에 여성 손님이 부쩍 늘었는데, 고객층 남녀 비율이 9:1에서 7:3이 됐다고. 카페 최고의 인기 메뉴는 타코라이스와 유자레이드. 기름진 음식에 질려 종종 들르면 타코라이스는 다 팔리고 없기 일쑤다. 흥미롭게도 셰프가 아닌 서점 직원이 한데 모여 손수 메뉴를 선정할 뿐만 아니라 레시피 개발에도 참여한단다. 매일 묵묵히 서가를 관리하며 찾아오는 손님 한 명 한 명을 정성껏 응대하려는 직원들의 열정이 느껴지는 대목이다.

1층부터 3층까지 빼곡히 들어찬 수많은 책, 책장 중간중간 손 글씨로 정성스레 쓰인 소개글에서 진보초다움이 물씬 느껴지는 도쿄도서점. 북 큐레이터는 없지만 수년간 서점 직원으로 일한 각 담당자가 꾸미는 서가는 자기만의 개성과 매력이 넘쳐흐른다. 오랫동안 한 장르를 책임지다 보면 전문가까지는 아니더라도 비슷한 수준의 지식을 쌓기 마련이다. 물론 지나치면 독이 되겠지만 소소한 즐거움을 줄 정도라면 반갑지 않을까. 조만간 타코라이스와 커피를 마시러 또 찾아가야지.

사세 메구미 점장

도쿄도서점東京堂書店
주소: 東京都千代田区神田神保町1-17
영업시간: 11시~19시(월-일)
홈페이지: tokyodo-web.co.jp
SNS: twitter.com/books_tokyodo

북커버도 버리지 않아!

한때 서점 업계의 상징이던 서울 종로서적을 추억하는 독자가 많다. 1980년대만 해도 종로서적은 서울 시내 대표적인 약속 장소였다. 책을 구매하면 계산대 앞 직원이 한 권 한 권 예쁜 북커버를 씌어 줬다.

그 정성스러운 손짓을 기억하는 이들이 제법 많지 싶다. 이제 한국에는 오리지널 북커버는커녕 일반 북커버조차 구비해둔 서점이 흔치 않지만, 일본에는 가격이 싼 문고본 하나라도 계산을 마치면 "북커버를 해드릴까요?"라고 묻는 곳이 여전히 많다.

대부분은 서점 로고나 소박한 무늬가 새겨진 종이 북커버. 아무리 손님이 많아도 서두르지 않고 숙련된 솜씨로 북커버를 척척 씌우는 모습을 볼 때마다 사소한 서비스지만 기분이 좋아진다.

책의 마을 진보초 역시 그러한데, 서점을 상징하는 멋지고 개성 넘치는 북커버로 저마다 자신의 색깔을 드러낸다. 도쿄도서점의 북커버는 외벽과 동일한 초록색 바탕에 금색으로 이중 테두리를 그려 고풍스러움이 물씬 풍긴다. 중앙에 자리 잡은 'Books Tokyodo since 1890' 글자에선 오랜 역사에 대한 자부심이 엿보인다. 어느 서점은 진보초 지도로, 또 어느 서점은 윌리엄 모리스 패턴으로 꾸며 책을 사는 즐거움에 보는 재미까지 더한다. 천이나 가죽으로 만든 고급 북커버나 아기자기한 책갈피를 따로 만들어 판매하는 서점도 있다.

오리지널 화구와 문구의 미친 조합

분포도

文房堂

쭉 늘어선 가게들을 기웃거리며 걷다가 스즈란 거리 끝자락에서 고풍스러운 분위기가 물씬 풍기는 오래된 건축물을 만난다. 서점인가 싶어 가까이 다가가 보니 새초롬한 노란 눈의 고양이가 이쪽을 쳐다보고 있는 게 아닌가. 순식간에 마음을 빼앗겨 안으로 한 걸음 들어서자 알록달록 귀여운 잡화의 세계가 눈앞에 펼쳐진다. 황홀경에 빠져 정신없이 매대 구경에 나선다. 아기자기한 인형과 빈티지한 인테리어 소품이 한가득이라 들뜬 기분이 쉬이 가라앉지 않는다. 이것이 진보초의 첫 산책자가 분포도를 마주하는 장면이지 않으려나. 만약 동물을 좋아하는 사람이라면 갖가지 기발한 고양이 제품을 발견할 때마다 솟구치는 물욕을 참지 못할 게 뻔하다.

'文房문방'이란 문인의 서재 혹은 서재에서 사용하는 도구를 가리키니 분포도를 이름 그대로 문구점이라 소개하면 될까? 아니, 그렇게 단순하지 않은 것이 일반용에서 전문가용까지 온갖 미술 재료를 판매하는 화방으로 더 유명하기 때문이다. 최초로 전문가용 유화물감을 개발하는 등 다양한 미술 도구를 국산화하며 일본 화구 역사를 써 내려온 개척자이자 산증인이다.

1 커다란 유리문 위쪽에 부착된 노란 눈의 고양이가
  초롱초롱한 눈빛으로 거리를 오가는 사람들을 유혹한다.
2 중앙 원형 매대를 중심으로 1층에는 분포도에서
  직접 고른 잡화와 소품이 진열되어 있다.

1
2

1층에 걸린 대형 현수막에 적힌 'Bumpodo SINCE 1887'에서 알 수 있듯 분포도는 1887년 문을 열었다. 지금이야 지하 1층, 지상 7층 규모의 번듯한 건물을 자랑하지만, 출발은 미약했다. 1대 이케다 하루로키치池田治郎吉가 간다 오가와마치에 있던 한 서점 매장 일부를 빌려 시작했다. 초기에는 윈저&뉴턴 유화물감을 비롯한 서양 화구와 문구를 수입해 팔다가 점차 자체적으로 제품을 제작하기에 이르렀다. 대학가라는 지리적 특성을 살린 대학 노트와 오선지를 시작으로 1904년부턴 붓과 캔버스를 만들었다. 붓과 캔버스는 일반인은 물론 화가들 사이에서도 질 좋은 국산품이라는 입소문이 돌면서 인기를 끌었다.

그중 캔버스에 얽힌 일화는 참으로 남다르다. 일본 유화 호수를 결정짓는 계기가 되어서다. 분포도에서 캔버스 나무틀을 기획할 때 프랑스 제품을 참고했는데, 호수, 그러니까 그림 작품 크기를 나타내는 번호 규격 역시 본떴다. 하지만 미터법과 척관법의 단위 변환에서 오류가 있었는지, 나중에 어떤 사람이 프랑스에서 사 온 그림을 분포도 캔버스 나무틀에 씌우려고 보니 크기가 달랐다. 이미 익숙해진 데다 서양화를 그리는 이가 적었기에 그냥 그대로 상용화되었다는 웃지 못할 이야기다. 아무래도 처음으로 국산화를 하다 보니 여러 시행착오를 겪을 수밖에 없었지 싶다.

그렇게 승승장구하며 1906년 지금 자리로 가게를 옮긴 뒤에도 분포도의 도전은 멈추지 않았다. 1917년 발명가 나가사키 하루조와 의기투합해 유화물감 연구에 들어가 1919년 물감 공장을 세우고 노력한 끝에 1921년 드디어 일본 최초 전문가용 유화물감 개발에 성공했다. 이어 1925년 도안화용 그림물감을 제작해 '포스터 컬러'라는 이름으로 판매했고, 1930년 서양화가 이시이 하쿠테이와 판화가 오카다 사부로스케 등이 참여한 '분포도 유화구로 그린 전시회'를 열어 제품의 우수성을 알렸다. 이후에도 전문가용 수채화물감, 동판화 잉크를 잇따라 선보이며 미술용품 전문 메이커로 입지를 다졌다.

진보초의 레트로 건축 명소

현재는 1987년 4대가 이어받은 뒤 가족 경영을 끝내고 주식회사로 바뀌어 진보초 본점 외에도 세이부이케부쿠로점을 운영한다. 1922년 건축된 분포도 본점은 간토대지진에서 살아남은 몇 안 되는 건물 중 하나로 방송이나 잡지에서 진보초 레트로 건축물 하면 꼭 소개되고 레트로 건축 투어에서도 빠지지 않는 곳이다. 미색 스크래치 타일과 테라코타 타일로 마무리된 외벽, 2층 창가 사자 장식, 3층 아치형 창문 등 로마네스크풍 양식이라 중후한 멋이 있다. 그 역사적 가치를 인정받아 2003년 '지요다구 경관 거리 조성 중요 물건'으로 지정되기도 했다.

"1980년 제가 입사했을 때만 해도 화방과 문구 업계가 호황을 누리던 시기였어요. 신주쿠에 있는 세카이도는 가격이 싸서 학생들이 자주 찾았고, 시부야에 있는 우메마쓰도 유명했죠. 그 외에도 일본화를 주로 다루는 화방이나 문방구가 많았는데, 서양화와 동양화와 판화까지 모두 아우르는 곳은 분포도가 유일했답니다. 출근 첫날, 가게에 야스이 소타로 라든지 우메하라 류자부로 같은 유명 작가의 그림과 조각이 아무렇지 않게 진열된 모습에 깜짝 놀랐던 게 기억나네요."

아르바이트생을 포함해 50명이 일하는 가운데 가장 오

1 세월의 흔적이 고스란히 묻어나는 외관.
2 빛바랜 청동 조각상과 입체 간판.

래 근무한 히로세 슌도広瀬俊道 고문의 설명이다. 하지만 전문 화방 겸 문방구로 명성을 쌓으며 성장을 거듭하던 분포도는 1990년 시대의 변화에 발맞추기 위해 변신을 시도한다. 미술용품 소비가 줄어드는 한편 문구 개념이 바뀌고 있었다. 언제부터인가 필요하면 사던 문구가 귀엽다거나 기발하다는 이유로 날개 돋친 듯 팔려 나갔다.

주인이 바뀌고 리모델링 이후 건물에 대한 화제성이 높아진 지금이 적기라는 판단 아래 새로 완성된 내부 인테리어에 어울리면서도 진보초라는 지역을 고려한 차별화된 콘텐츠를 고민했다. 위가 탁 트인 데다 환한 조명이 달린 연회장 같은 1층이 가장 큰 문제로 대두됐다. 꽤 널찍한 공간이라 기존 화구 코너로만 채우기엔 버거워 보였다. 임직원들이 모여 최신 트렌드 정보를 주고받으며 아이디어를 모으고 조금씩 큰 그림을 그려가던 중 미술인의 가족을 위한 볼거리를 만들자는 의견이 나왔다. 손님이 미술 도구를 마음껏 구경하느라 시간 가는 줄 모를 동안 따라온 가족은 지루한 시간을 견디며 기다리기 일쑤였다. 그래서 남녀노소 할 것 없이 모두 즐길 만한 잡화 코너를 추가했다. 다만 어디에서나 흔하게 볼 법한 잡화가 아닌 분포도에서만 만날 수 있는 상품을 들여놓기 위해 직원들이 발품을 팔아가며 신중하게 제품을 골랐다.

"1층에 눈길을 확 끄는 세련된 잡화를 대거 배치한 것까지는 좋았어요. 예상보다 반응이 뜨거웠죠. 근데 잡화 구경에 너무 힘과 시간을 쏟아서 그런지 처음에는 손님들이 2층이나 3층까지 올라가지 않더라고요. 7층까지 있는 건물인데 말이죠. 2층으로 직행하는 이들은 거의 다 미술 관련 종사자뿐이었어요. 아차 싶어 서둘러 1층과 2층, 2층과 3층을 연결하는 계단 벽면에 각종 엽서와 카드를 진열했더니 손님들이 자연스레 눈으로 쫓으며 계단을 밟아 오르더니 3층까지 둘러보기 시작하더군요."

히로세 순도 고문의 말에서 고객 만족과 매출 상승을 함께 꾀하려는 분포도의 고군분투가 엿보였다. 실제로 나도 개성 넘치는 엽서와 카드를 들여다보는 재미에 힘들단 느낌 없이 3층까지 걸어 올라갔다.

그렇다고 해서 화방이라는 정체성을 게을리하지는 않았다. 오랜 단골과 지인에게 듣고 알음알음 찾아오는 손님들이 여전히 존재했다. 전문가용 물감을 개발하고 그에 어울리는 오리지널 붓과 종이, 도구를 제작해온 저력을 발휘해 회화용 종이에 한층 심혈을 기울였다. 수채화지는 14~15종, 크로키지는 10종 이상, 수입산까지 더하면 훨씬 더 많은 종이류를 판매했다. 또 장르에 따라 사용빈도는 적어도 필요한 도구이건만 수요가 적다는 이유로 다른 화방에는 없는 상품을 반드시 갖춰 놓았다. 예를 들면 에어브러시. 1911년 개발한 분포도 오리지널 에어브러시는 자신이 원하는 색을 원하는 농도로 뿌릴 수 있어 컴퓨터 그래픽이 없던 시절 자주 쓰였으며, 지금도 미술을 하는 일부 사람들은 사고 싶어 한다.

아울러 판화 관련 용품을 폭넓게 취급했다. 동판화, 목판화, 석판화, 실크스크린 등 판화는 기법에 따라 각각 다른 기술과 도구를 필요로 한다. 잉크, 프레스기, 부식액, 스크레이퍼, 조각도 등 제품군을 강화해 초보자부터 전문가까지 두루 만족시켰고, 실제 색감 확인이 가능하도록 전문가용 동판화 잉크와 목판화 잉크 매대에는 색상표와 함께 견본을 뒀다. 판화 대중화를 위한 활동에도 공을 들였는데, '아주 작은 판화 콘테스트'나 '지우개도 판

1 화구가 빼곡히 들어찬 1층 매장.
2 벽면 진열대를 가득 채운 오리지널 물감.

1
2

화다' 같은 이벤트를 기간 한정으로 개최하기도 했다.

이 외에도 레터프레스라는 아날로그 인쇄 기법으로 찍은 표지에 도트 속지가 매력적인 노트를 비롯해 계절마다 시즌성을 반영한 편지지, 원고지 등 오리지널 제품을 꾸준히 선보였다. 그중 나오키 산주고, 기타하라 하쿠슈 등 유명 근대 작가가 즐겨 쓰던 400자 또는 500자 원고지를 복간하는 프로젝트는 문학 애호가들에게 호평받으며 3탄까지 나왔다. 1탄은 아리시마 다케오, 2탄은 나카하라 쥬야, 3탄은 요코미조 세이시로 당시 디자인을 고스란히 재현했다.

2층 문구 코너도 둘러볼 가치가 충분하다. 뭐니 뭐니 해도 일본은 문구의 나라 아닌가. 값싼 연필과 볼펜부터 고급 만년필, 클래식한 펜촉과 펜대까지 온갖 필기도구가 갖춰져 있었다. 종이 질감이 저마다 다른 수첩, 독특한 모양 지우개, 아기자기한 북커버와 책갈피 등등 눈과 손이 즐거워지는 순간이었다. 그림 관련 책이나 고양이 책, 사진집을 배치한 점이 진보초 거리와 어울렸다.

"2007년에 제가 입사했을 때 진보초는 이미 잡화점이 많앉어요. 물론 문방구도 있었죠. 하지만 저희처럼 규모가 큰 전문 매장은 없었기에 자부심이 남달랐어요. 선배들의 예전 경험을 들은 터라 잘 지켜내고 싶단 욕심도 생겼고요. 그래서 마케팅이나 홍보에 더 신경을 썼어요. 요즘은 SNS를 활용해 손님들에게 신상품이나 새로운 행사 소식을 알리는데 그걸 보고 왔다는 손님이 제법 있을 정도로 호응이 좋아요. 또 콜라보하는 아티스트가 SNS에 제품 사용 후기를 써주시곤 하는데, 판매에 큰 도움이 돼요. 대면 서비스에서 그치지 않고 온라인 소통을 강화해야 하는 이유죠."

나베다 아키코鍋田明子 부점장은 입사했을 당시를 회상하며 그간 노력을 풀어놓았다. 대표가 어느 날 20만 엔을 주면서 재미있는 걸 찾아오라고 했다는 둥 직원들이 모여 어떤 상품이 좋을지 종일 토론하다 끝내는 다수결로 결정했다는 둥 고생한 일을 이야기하면 끝이 없다. 임직원이 똘똘 뭉쳐 행복한 결말을 이루어낸 셈이다. 이러한 혁신이 없었다면 분포도는 어떤 결말을 맞이했을까.

1
2 3

1 지하 1층 판화·점토·
   종이 코너.
2 일본 최고 수준이라
   평가받는 판화 용품.
3 판화를 알리는
   다양한 이벤트가
   열린다.

1   문구 덕후라면 가슴 설레기에 충분한 2층 문구 코너.
2   계단 옆에 전시된 시즌 엽서.
3   각양각색 필기구가 한가득.

```
            1
          ┌──┴──┐
          2     3
```

고객 감동을 위한 한결 같은 정성

여러 차례 변화를 준 결과 현재 분포도는 지하 1층 판화와 종이, 1층 화구와 '분포도 셀렉트'라는 간판을 내건 잡화, 2층 문구와 코믹, 3층 분포도 갤러리 카페, 4층 갤러리, 5층·7층 아트스쿨, 6층 액자 매장으로 구성되어 있다. 층마다 상품과 매대 위치를 상당히 전략적으로 고심한 티가 났다. 예전에는 지하 1층이 문구 코너, 2층이 판화 코너였던 것 같은데 이번에 가보니 바뀌어진 상태였다. 1층 잡화 코너와 화구 코너도 위치가 조금 달라졌다. 아마도 잡화나 문구보다 화구나 판화가 전문가 고객이 대다수일 테고, 그들은 필요한 상품을 사기 위해 오는 만큼 매장 위치를 별로 신경 쓰지 않는다는 점을 고려했기 때문이리라. 혹시 아나? 밖에서 1층 화려한 잡화에 끌려들어온 일반 손님이 호기심에 안쪽까지 발길을 옮겼다가 스케치북이라도 하나 사서 돌아갈지.

3층 갤러리 카페는 2016년 손님에게 차 한잔하며 미술을 감상하는 공간을 제공하고자 문을 열었다. 원래는 4층과 더불어 갤러리로 쓰이던 곳이었다. 진갈색 목재로 마감한 내부 인테리어와 은은한 조명 때문인지 차분하고 고

1 음료를 마시며 미술을 감상하는 3층 카페.
2 전시회 포스터가 놓인 카페 입구.

1
2

급스러운 분위기를 자아냈다. 전문 화방답게 입구부터 전시회 포스터가 보이더니 벽마다 그림 액자가 20점 정도 걸려 있어 눈길을 끌었다. 창가 좌석에 앉아 스즈란 거리를 내려다보는 재미가 쏠쏠한데, 다른 진보초 서점 주인들도 한번 가보라고 권할 만큼 동네 사람에게도 사랑받는 곳이다. 유명 제과점과 제휴를 맺어 한정 케이크를 판매해 인기가 높으니, 이른 시간에 가는 것을 추천한다. 오후에 가면 이미 판매 종료가 돼서 허탕을 칠지도 모른다. 4층 갤러리는 규모가 큰 작품전이나 출품전이 주로 열린다. 무료 대여라서 젊은 신진 작가의 아트전, 분포도의 기획 전시가 끊이지 않는다.

5층과 7층에서 진행되는 아트스쿨 역시 눈여겨볼 만하다. 유채화, 수채화, 파스텔화, 판화, 크로키, 데생 등 장르별로 월요일부터 일요일까지 여러 강좌가 마련되어 있다. 1일 특별 강좌도 열리니 일본에 살지 않아도 여행하는 도중에 하루 시간을 내서 들어봐도 좋지 싶다. 일본어를 잘 못하더라도 그림 그리기라면 손짓발짓으로 어떻게든 되지 않을까.

130년이란 역사를 자랑하는 분포도. 지난한 세월 동안 숱한 고난을 거치며 고서 마을인 진보초에서 화방 겸 문구점으로 명소가 되었다. 시대 흐름에 맞춰 새 시도를 계속하는 와중에도 여유를 잃지 않았고, 고서점을 찾는 손님과의 공통분모를 찾으려 애썼다. 하나하나 연결고리를 맺고 조화롭게 어우러져 가는 길을 선택했다. 고서점과 화방, 책과 문구, 그림을 그리는 사람과 글을 좋아하는 사람이 공존하는 거리, 분포도가 바라는 꿈이다.

나베다 아키코 부점장과
히로세 슌도 고문

분포도文房堂

주소: 東京都千代田区神田神保町1-21-1
영업시간: 10시~18시 30분(월-일)
홈페이지: bumpodo.co.jp
SNS: instagram.com/bumpodo

사보우루 さぼうる

쇼와시대부터 60년 전통을 자랑하는 카페 겸 경양식 식당. 사보우루는 맛과 향미라는 뜻을 지닌 스페인어 'SABOR'에서 유래됐다. 1호점은 경양식을 판매하며, 그 옆 자매점인 2호점은 차와 디저트를 즐기는 카페다.

엔도 슈사쿠 작가가 자주 찾았으며, 예능 등 여러 방송에 소개된 것은 물론 드라마나 영화 촬영지로 유명할 만큼 가게 인테리어가 인상적이다. 간판 메뉴는 물가 인상에도 변함없이 푸짐한 양을 자랑하는 나폴리탄과 카레. 메론소다와 피자빵은 나이 불문하고 언제나 인기 만점.

1호점
주소: 東京都千代田区神田神保町1-11
영업시간: 9시~23시(월-토)

2호점
주소: 東京都千代田区神田神保町1-11
영업시간: 11시~19시(월-토)

콩알만 한 책을 파는

로코서방

呂古書房

'일본' 하면 작고 아기자기한 분위기가 떠오른다. 섬세하고 꼼꼼한 일본인이 좋아하는 소품 중에는 저걸 사람 손으로 만들 수 있을까 싶을 정도로 감탄을 자아내는 정교한 물건이 많다. 다른 한편으론 누가 이걸 살까 하는 의구심이 들곤 하는데, 그런 인테리어 소품을 수집하거나 취미 삼아 직접 만드는 사람이 꽤 많다.

마메혼豆本, 우리말로 옮기면 '콩책'이 그렇다. 누가 과연 상상이나 했을까. 가로 2cm, 세로 3cm 크기 안에 단편소설 한 편이 다 들어간다니. 커봤자 고작 손바닥만 한 작은 종이에 글자가 촘촘히 들어찬 것도 모자라 그림과 사진까지 실려 있다. 장식용인가 싶지만 의외로 글씨가 잘 읽힌다. 서양에서는 16세기부터 성경책이나 가이드북을 들고 다니기 편하게 미니어처로 만들었고, 중국에서는 여행하는 동안 소매 안에 넣고 다니다 꺼내 읽기 쉽게 수진본袖珍本이란 이름으로 소형책을 만들었다. 일본에서는 에도시대 후기부터 시작됐다. 여성과 아이를 위한 오락용이나 3월 3일 집에 장식하는 히나인형(여자아이의 성장을 축하하는 히나마쓰리 때 장식하는 인형)의 서랍장에 넣을 수 있는 작은 동화책을 만들었다.

1 4층에서 내리자마자 보이는 로코서방,
   소박한 공간에 콩책이 가득하다.
2 층마다 서점이 자리한 가운데
   창문에 새겨진 로코서방 금색 로고.
3 호기심을 불러일으키는 캐릭터 간판.

그러다 1953년 홋카이도에서 출간된 '에조마메혼' 시리즈를 계기로 아오모리, 혼슈, 나고야, 규슈로 널리 전파됐다. 지방 곳곳에서 콩책이 제작됐지만 특성상 일반 책처럼 대량 출판을 할 수 없었다. 장인이 한 권 한 권 집중해 만들다가 전문 출판사가 생기면서 그나마 어느 정도 분량을 펴냈고, 지금은 젊은 여성들이 취미로 콩책 만들기를 배우고 작가로 활동하면서 나름의 시장을 형성했다.

진보초에도 콩책을 전문으로 하는 서점이 있는데, 바로 로코서방이다. 진보초역에서 걸어가는 것보다 도에이 신주쿠선을 타고 오가와마치역에서 내려 B7 출구로 나와 야스쿠니 거리를 따라 진보초역 방향으로 걸어가는 게 좀 더 가깝다. 스즈란 거리 입구 ABC마트 맞은편 건물 4층을 올려다보면 특이한 문양 간판이 보인다. 오래된 건물이 많은 곳인 만큼 엘리베이터도 아주 작고 엔틱하다. 두 명 정도 들어가는 엘리베이터를 타고 4층에서 내려 로코서방 문을 열고 들어갔을 때의 기분이란! 마치 내가 소인국 서점에 온 거인이 된 듯했다. 아기자기한 책 사이에 작은 소품과 콩책 맞춤 책꽂이까지, 책을 찾으러 온 건지 소품 가게에 들른 건지 헷갈린다.

1
2

1 나쓰메 소세키의 『도련님』을
 비롯해 일본, 영국, 독일 등에서
 제작된 콩책이 감탄을 자아낸다.
2 손바닥만 한 성경책이 귀엽다.

로코서방의 주인인 니시오 히로코西尾浩子 대표는 어릴 적 영문학 박사였던 아버지를 따라 진보초를 자주 다녔다. 책을 즐겨 읽는 아버지 덕분에 자연스럽게 책과 친해졌고 진보초의 단골손님이 됐다. 책을 보러 때론 산책하러 올 때마다 지인이 하나둘 생겼고 학교를 졸업하자마자 진보초에서 일을 시작한 건 자연스런 흐름이었다. 일터는 당연히 서점이었다. 한정판 책을 접할 기회가 많았는데 어느 날 콩책을 알게 됐다. 책을 무척 좋아했지만 무거운 책을 들고 다니기는 싫어하던 그녀는 콩책에 관심을 갖고 공부를 시작했다. 공부할수록 이 작은 책의 아름다움에 매료됐고, 결국 1993년 진보초에 첫 여성 서점주란 타이틀을 걸고 로코서방 문을 열었다.

어릴 적 아버지를 따라 진보초를 다닌 인연으로

로코서방에는 콩책뿐만 아니라 콩책 내용을 인쇄한 목판이나 판화, 활자나 복사본 등 장인이 사용하던 재료 역시 진열돼 있다. 물론 전국 유일 전문 콩책 고서점답게 희귀한 책과 족자도 다양하다. 다만 책이 작은 만큼 매장 크기도 아주 아담해서 구경할 때 이 작은 물건을 아기처럼 소중히 다루며 조심 또 조심해야 한다. 콩책은 보통 많이 출판되지 않은 만큼 대부분 소장 가치가 높은 편인데, 그중에서 가장 희귀한 건 콩책이 한창 유행할 때 나온 동화작가이자 판화가인 다케이 다케오(일본에서 처음으로 동화라는 단어를 사용했다고 한다)가 만든 한정판이란다.

"미니어처 책을 흔히 콩책이라 불렀지만, 다케이 선생 책은 '형본刑本'이라고 했어요. 이 형본은 다케이 선생이 자비로 회원 300권 한정으로 만들었어요. 이곳 회원은 누군가가 그만두지 않는 한 들어가기 힘든 곳이었죠. 저는 예전에 서점에서 일하면서 알게 된 지인으로부터 소개를 받아 겨우 회원으로 들어갈 수 있었어요. 살아생전 다케이 선생은 139개 작품을 제작했는데, 옛날에는 이 작품을 다 모으는 수집가가 많았어요. 지금은 다들 돌아가셨지만요. 그래서 유족들이 유품을 정리하면서 저희 가게에 판매를 맡기거나 넘기셨지요."

니시오 대표가 보여준 다케이 선생이 만든 형본은 정말 아름다웠다. 그야말로 예술품 그 자체로 고급스러운 천으로 감싼 장정에 멋스러운 금빛 글자가 박힌 표지를 펼치자 책장마다 독특한 그림과 글이 꽉 들어차 감탄이 절로 나왔다. 특히 다케이 선생이 직접 새긴 목판 글자는 일품이었다. 로코서방 간판과 포스터에는 다케이 선생의 목판 글자와 동화 속 주인공 라무라무왕 그림이 그려져 있다. 이는 다케이 집안의 허락을 받아 사용한 것이라고. 그녀가 얼마나 다케이 다케오란 작가를 사랑하는지 느껴졌다.

니시오 대표는 콩책을 하나의 예술로 표현했다. 작은 책에 이야기가 쓰인 그저 장난감 책으로 여긴 나의 무지가 부끄러웠다. 콩책은 작가가 쓴 그대로 글이 전부 정교하게 나열되어 있다. 작아서 글자가 보이지 않을 거란 생각은 잘못된 생각이었다. 글과 그림 모두 일반 책과 다르지 않았다. 물론 대하소설 같은 분량이 엄청난 책은 작가와 의논해 내용을 줄이거나 그림을 없애 한정판으로 출판하기도 하지만, 우리가 잘 아는 나쓰메 소세키의 명작은 본 내용 그대로 인쇄되어 판매됐다.

콩책은 작기 때문에 부릴 수 있는 사치스러움이 있다. 도안, 색채, 싸개 같은 장정은 물론이고 종이, 글자, 인쇄,

1
2

1 동화작가이자 판화가인
   다케이 다케오 선생이 만든 형본.
2 첫머리에 적힌 다케이 선생의
   자필 사인이 멋스럽다.

78

제본에 들이는 돈과 정성이 우리의 상상력을 훌쩍 뛰어넘는다. 출판 연도와 인쇄 시기에 따라 책 가치가 달라지는데, 과거 목판 인쇄술은 오늘날 대량 인쇄 기술과 달리 장인의 손길로 한 권 한 권 공들여 만들어진 결과 종이 질감부터 달라 그 가치가 더욱 빛난다. 이를테면 화가 이케다 마수오가 시를 쓰고 그림을 그린 시집 『카르멘』은 당시 몇 권 출간되지 않아 부수가 적은 탓에 지금도 구하기 몹시 어렵다고 한다.

마니아층은 두터운 편이다. 문학 작품, 판화, 그림, 족자 등 갖가지 형태로 만들어졌기에 그들은 종이 질과 잉크 상태 등을 꼼꼼히 살펴 수집에 열중한다. 한때는 기업들도 콩책을 만들었다. 미쓰이, 산토리, 산리오 등 다양한 기업이 손님 취향에 맞춰 홍보 책자를 제작해 증정했다. 산토리의 경우, 과거 콩책을 모아 기념 전시회를 열기도 했다.

산토리 주류 회사에서도 콩책을 만들었다고?

지금은 책 읽는 사람도 줄고 콩책을 수집하는 사람도 많지 않다. 게다가 콩책 장인마저 적잖이 세상을 떠난 상태다. 예전처럼 활발히 만들어지지 않으니 자연스레 로코서방의 손님도 줄고 있다. 특별 마케팅이나 작가의 홍보용 또는 동화책 같은 이벤트성으로 만들어지는 경우가 대다수라고. 몇 년 전만 해도 도쿄 시부야에 서양 콩책 전문점인 '리리팟토'가 있었지만 판매에 비해 책 입고 비용이 더 든 탓에 적자를 거듭하다 문을 닫고 말았다. 그나마 유일하게 남은 콩책 고서점이 로코서방이다. 희귀한 책을 찾고 싶다면 이제 로코서방을 찾는 길밖에 없는 셈이다.

로코서방은 아쉽게도 1년에 한 번 열리는 간다고서축제에는 참가하지 않는다. 몇 번 참가한 적이 있지만, 책이 너무 작아 분실 우려가 많아서다. 그래서 다른 서점과 교류가 적다. 대신 니시오 대표는 새로운 책 입고 정보를 위해 고서조합회는 꾸준히 나간다. 월요일은 장르 구분 없이 책이 나오고, 화요일은 고전 서적과 서양 서적, 수요일은 자료가 나온다. 목요일은 휴일, 금요일은 메이지 고전회로 액자, 족자, 한정본 등 다양한 책과 그림을 만날 수 있다. 부지런 떨며 가지 않으면 귀한 책을 만나기 어렵다고 한다. 다행히 요사이 인터넷을 통해 옥션 경매에 참가

1 『서표 열두 가집』 한정판과
   과자 회사인 글리코가 제작한
   '글리코 그림책' 세트.
2 링컨의 게티즈버그 연설이 담긴
   마이크로북, 5X5㎝ 크기에 작은
   마이크로칩까지 내장!

해 희귀 자료를 많이 만났는데, 과거 마니아였던 분의 유족이 유품 정리하는 경우가 대부분이라니 기쁜 일인지 슬픈 일인지.

"예전처럼 예스럽고 아름다운 콩책을 요즘은 만나지 못해요. 그냥 작기만 해서는 안 돼요. 족자나 판화본을 작은 사이즈로 인쇄했다고 콩책으로 부르지 않아요. 이제는 정교한 솜씨로 만들던 장인들은 계시지 않고, 일반인이 취미 삼아 콩책을 만드는 게 현실이니까요. 긴 역사를 가졌지만 이 역사가 언제까지 이어질지 모르겠어요. 다만 제가 할 수 있는 한 즐거운 마음으로 로코서방을 지키려고 합니다."

니시오 대표는 한 달에 한 번 1,000명 되는 회원들에게 새로운 책이 실린 목록집을 만들어 보낸다. 일본 고서점 사이트에 등록도 하지만 다른 서점에 정보 유출을 막기 위함이다. 처음 만날 당시 로코서방 목록집을 받으면 다른 곳에 공개하지 않겠다는 굳은 약속을 거친 뒤 인터뷰에 응해주신 웃지 못할 에피소드도 있다.

1 오래된 어린이 잡지는 물론
동화책, 악보집이 비닐로 싸여 있다.
2 다케이 선생의 그림과 금색 로고가
어우러진 로코서방 포장지.

존경해 마지않는 다케이 다케오 작가의 목판 글자와 라무라무왕 그림을 가게의 심벌처럼 소중히 여기며 즐겁게 일하는 그의 작은 체구에서 커다란 긍정 에너지가 느껴진다. 콩책 보존이라는 막중한 임무를 짊어진 채 쭉 힘차게 걸어갈 로코서방의 앞날에 응원 가득한 박수를 보낸다.

니시오 히로코 대표

로코서방呂古書房

주소: 東京都千代田区神田神保町1-1 倉田ビル4F
영업시간: 11시~18시(월-토)
홈페이지: locoshobou.co.jp
SNS: facebook.com/locoshobou

콩책에 담긴 글이 궁금해!

손바닥 안에 쏙 들어오는 콩책, 보자마자 귀엽고 예뻐서 감탄이 절로 나온다. 보통 속지를 실로 꿰맨 뒤 고급 종이나 천으로 만든 표지를 붙이는 제본 형식이라 하나하나가 전부 예술 작품처럼 느껴질 정도. 앙증맞은 책 속엔 어떤 이야기가 들어 있을까?

『양주콩천국洋酒マメ天国』

산토리가 1960년대 발행하던 홍보지 『양주천국』 애장판. 가로 7㎝, 세로 9㎝로 1967년부터 3년에 걸쳐 36권이 출간. 주류 회사답게 우에쿠사 진이치, 구사노 신페이 같은 애주가이자 유명 작가들이 풀어놓는 술 에세이가 재밌다. 표지 일러스트는 모두 만화가 야나기하라 료헤이가 담당, 지금까지도 광고에 등장하는 산토리 위스키 캐릭터 '앵클 토리스'가 익살맞다.

『지명의 유래地名の由来』

미쓰이은행이 1978년 제작한 판촉물. 가로 4㎝, 세로 5㎝ 크기로 전국 80곳의 지명에 얽힌 유래가 히라가나순으로 정리되어 있다. 예를 들어 도쿄 아카사카는 옛날에 근처 아카네(꼭두서니, 茜)가 군생하던 언덕을 '아카네사카茜坂'라 불렀는데 세월이 흐르면서 음운 변화를 거쳐 지금에 이르렀다고. 또는 일대가 적토赤土로 가득해서 '붉은 언덕'이란 뜻으로 아카사카赤坂가 됐다고 한다.

고서점 거리의 메인

야스쿠니 거리 靖国通り

신주쿠구에서 지요다구를 거쳐 주오구까지 도쿄를 동서로 가로지르는 도로. 스즈란 거리에 비해 규모가 크고 오랜 역사를 자랑하는 고서점이 즐비한데, 흥미롭게도 대부분이 남쪽에 위치한다. 이처럼 고서점이 북향으로 들어앉은 이유는 햇빛 때문에 책이 상하는 것을 막기 위해서란다.

종이 지도로 오감 만족

신센도서점

秦川堂書店

매주 주말이면 딸아이 손을 잡고 집 근처 도서관에 간다. 일본은 동네마다 도서관과 자료관이 꽤 많은데, 책이 풍성하고 행사가 다채로워 시간을 알차게 보내기에 그만이다. 언제였더라, 유독 기억에 남는 전시회가 있다. 내가 지금 사는 지역의 변천사를 한눈에 보여주는 전시였다. 전철역이 들어서는 과정과 그에 따른 일대 상점가의 변화상을 과거 사진과 지도를 곁들여 설명해 구경하는 재미가 쏠쏠했다. 메이지시대에 제작된 옛 지도를 자세히 살펴보다가 정교한 만듦새와 회화적인 색감에 감탄이 절로 나왔더랬다.

진보초에서 제일가는 고지도 전문점이라는 신센도서점에 처음 갔을 때도 비슷한 감동을 느꼈다. 『게다를 신고 어슬렁어슬렁』의 작가 나가이 가후가 사라져 가는 에도의 정취를 그리워하며 늘 품에 넣고 도쿄 구석구석을 누볐다던 에도시대 고지도는 그야말로 예술품. 옛날 목판 지도를 보고 있노라면 오래전 에도와 오늘날 도쿄가 자연스레 대조된다. 다소 부정확할지언정 철따라 자연을 만끽할 명소를 알록달록 색칠한 데다 언덕 위 나무나 바다에 뜬 배까지 그려 당시 풍경이 머릿속에 떠오른다. 나가이 가후가 왜 산책에 없어서는 안 된다고 했는지 알 것 같다.

신센도서점은 진보초역 A3 출구로 나와 횡단보도를 건너면 바로 보이는 이와나미서점아넥스 2층에 위치한다. 1층에는 진보초북센터 카페가 있는데, '전설의 책방지기' 시바타 신이 운영한 이와나미북센터가 있던 자리다. '진보초 걷는 방법'이란 제목 아래 100년 넘은 노포 서점이 쭉 표시된 벽화를 곁눈질하며 2층에 올라가자 대형 고지도가 진열된 쇼윈도가 반겨준다. 그 아래 힘찬 붓놀림이 돋보이는 짙은 밤색 목제 간판이 다소곳이 놓여 무게감을 더한다.

신센도서점의 역사는 1907년으로 훌쩍 거슬러 올라간다. 1대 대표는 러일전쟁이 끝난 뒤 도쿄로 올라와 혼고 도쿄대학 앞에서 형이 운영하던 서점을 도왔다. 지금이야 옛날 영광을 잃어버린 채 손에 꼽을 만큼 고서점이 몇 곳 안 남았지만, 당시만 해도 혼고 고서점가는 활기가 넘치던 거리였다. 그 후 독립해 쇼와시대 초 시부야 도겐자카에서 고서점을 열었지만 경험이 부족했는지 몇 년 지나 문을 닫고 말았다. 다시 형네 서점에서 10년쯤 일하다

神保町ブックセンター

with Iwanami Books

岩波書店アネックス
Iwanami Shoten Annex

1 벽면에 그려진 진보초 노포 서점 산책로.
2 쇼윈도 속 형형색색 에도시대 고지도들.
3 계단 끝에 놓인 신센도서점 입간판.

```
       ⌒
        1
    2  3
```

가 미타, 긴자, 우구이스다니 등지로 옮겨 다니며 서점을 이어갔고, 2대째이던 1977년 진보초에 자리를 잡았다. 간다고서센터 3층 15평 남짓한 매장이었다. 그즈음 3대인 나가모리 유즈루永森讓 대표가 다니던 회사를 그만두고 본격적으로 서점을 맡았다. 동양사, 특히 에도시대 문서나 고지도를 주로 취급하다가 3년 뒤인 1980년 지금 자리로 옮겨왔다. 지금은 아버지의 뒤를 이어 4대인 나가모리 신고永森進悟 대표가 운영한다.

진보초 책방지기가 대부분 그렇듯 신고 대표의 일주일은 분주하게 돌아간다. 거의 하루도 빠짐없이 도쿄고서회관에 들러 미술 및 지도 관련 업자를 만나 정보를 공유하고 '교환회'라 불리는 고서 경매에 참여한다. 교환회는 분야에 따라 열리는 요일과 시간이 다르기에 불가피하게 직접 참가하지 못하는 날에는 전화를 이용해 입찰한다. 그리고 화요일, 수요일, 목요일이면 틈을 내서 군마현 다테바야시에 있는 창고에 간다. 아무리 바빠도 주에 한 번은 꼭 찾아가 수집한 자료를 정리하고 보관 상태를 확인한다. 안 그러면 점점 자료는 쌓여가고 품질은 나빠지기 때문이다. 금요일부터는 가게에 나와 손님을 응대한다. 쉬

매장 곳곳에 에도시대 고지도나 세계지도가 걸려 있다.

는 날이 있나 궁금해질 정도다.

미술품 못지않은 지도의 매력

신고 대표의 수고와 정성이 고스란히 녹아든 신센도서
점에는 에도시대 고지도를 중심으로 그림엽서, 사진, 우
키요에, 철도 관련서, 향토 자료 등이 가득하다. 100년 넘
는 오랜 전통을 지닌 노포답게 박물관 자료실처럼 세련
되고 중후한 멋을 풍긴다. 분명 누군가의 손때가 묻은 오
래된 지도와 그림이건만 '고서' 하면 연상되는 '낡음'이 전
혀 보이지 않는다. 아마 여느 고서점과 달리 책이 빼곡하
다 못해 미어질 지경인 책장이 없어서일지도.

고지도와 우키요에는 특성상 구김이 생기지 않도록 액
자에 담아 걸거나 수납장에 고이 넣어둔다. 그림엽서와
포토카드는 하나하나 투명한 비닐로 싼 다음 가격표를
붙여 매대 위 라탄 바구니나 나무 상자에 차곡차곡 담아
놓는다. 게다가 천장에 달린 조명 말고도 한쪽 벽면을 차
지한 넓은 창문에서 들어오는 자연광 덕에 실내가 더 환
하게 느껴진다. 꽃문양이 새겨진 노란 포렴, 계산대 위 아
기자기한 종이접기 공예품까지 공들여 꾸민 티가 난다.

1 입구에 마련된 안내 데스크.
2 무료로 제공되는 예쁜 종이접기.
3 포렴 너머로 보이는 매장 전경.

"일본 고지도의 역사는 나라시대부터 시작해요. 당시 반전수수법班田收授法에 따라 정부에서 사람들에게 토지를 일정 배분했는데, 그러려면 관개시설을 정비하고 전답을 네모반듯하게 구획해야 했기에 자연스레 구획도나 지도가 만들어진 거죠. 하천에 교량을 지을 때도 지도가 필요했을 테고요. 다만 나라시대 고지도는 얼마 남아 있지도 않거니와 대부분 나라 도다이지 절에 세워진 쇼소인 창고에 미술품, 공예품 같은 유물과 함께 보관되어 있어 시중에선 보기 힘들어요."

일본에서 지도가 대중적으로 유포된 시기는 에도시대. 게이초, 쇼호, 겐로쿠, 덴포 연간 네 차례에 걸쳐 전국적으로 그림지도를 제작한 것. 시대별로 축소율과 묘법이 조금씩 달라 감상하는 재미가 있다. 가령 최초 공식 지도인 게이초 지도는 강은 파랑, 도로는 빨강, 지방과 지방 간 경계는 검정으로 구분했다. 또 덴포 지도는 축척 약 21,600분의 1로 마을, 산, 강, 도로를 그렸고 채색을 달리해 마을을 구분한 뒤 옆에 지명과 성주 이름을 적었다.

인터뷰하러 가기 전에 인터넷에서 고지도 관련 기사를

1 한쪽 벽면을 가득 채운
  에도 도쿄 관련 서가.
2 메이지시대 제작된
  도쿄 구별 지도.

찾아봤는데, 벨기에 지리학자 오르텔리우스가 1500년대 제작한 세계지도나 마테오 리치가 1600년대 만든 세계지도는 사본조차 제법 가격이 나갔다. 신센도서점에서 이제껏 취급한 자료 가운데도 엄청난 가치가 있는 물건이 많았다. 에도시대 유명 화가인 시바 고칸이 동판으로 제작한 세계지도는 350만 엔, 3대 유즈루 대표가 발견한 도쿄구 신사 도면은 1,000만 엔, 도쿄부터 나가사키를 그린 에도시대 두루마리 지도는 850만 엔에 판매했다. 신고 대표는 에도시대 두루마리 지도가 색감이 뛰어나고 보는 방식이 특이해 가장 기억에 남는다고.

사진은 에도 막부 때로 올라간다. 일본 최초 사진가로 알려진 우에노 히코마가 찍은 사카모토 료마 사진을 비롯해 오스트리아 출신으로 요코하마에서 사진관을 운영했던 레이문트 폰 스틸프리드나 펠리체 베아토 같은 1860년대와 1870년대에 걸쳐 아시아를 촬영한 작가의 작품이 귀한 대접을 받는다. 자연이나 일상생활을 묘사한 목판화 우키요에 역시 소중한 사료다. 수백 년 전 것이라고는 생각되지 않을 만큼 아름답고 화려해 눈길을 사로잡는다. 이 외에도 도쿄를 비롯한 각지의 향토 자료나 교통 및 산업계 서적이 분야별로 잘 정리되어 있다.

문화 계승자라는 사명감

매장에 전시된 대형 고지도를 가리키며 제작법과 지도 사적 의미, 현존 사본 현황, 모사본을 설명하는 신고 대표의 눈이 즐거움으로 반짝반짝 빛났다. 나도 모르게 그가 들려주는 지도 이야기에 푹 빠졌다. 인터뷰 내내 이 지도는 꼭 봐야 해요, 하며 유리 진열장이나 서랍장에 고이 보관해둔 고지도를 꺼내 보여주느라 여념이 없었다. 대부분이 수려한 회화적 지도로 보존 상태가 좋았다.

그중 기억에 남는 것이 전라도가 그려진 고지도였다. 여기가 어딘지 모르겠다며 보여줬는데 세상에 내 고향이지 않은가. 꽤나 오래되어 그림과 글자가 흐릿하긴 했지만 익숙한 지명이 한자로 적혀 있어 반가웠다. 한편으론 마음이 무거웠다. 한국은 일제강점기, 한국전쟁을 거치면서 역사적 자료가 대거 소실되거나 약탈당했다. 그래서 연구자나 학자는 자료를 구하기 위해 진보초를 찾는 경우가 많다. 나 역시 연구생 시절 동양 연극 자료를 찾으려고 진보초에 처음 발을 디뎠다. 일본어로 적힌 한국 관련 자료를 볼 때마다 씁쓸하기 짝이 없다.

고지도 전문이라 지도 수집가나 연구자가 단골이지 싶겠지만, 신센도서점은 화가나 작가도 자주 찾고 일반인도 왕왕 온다. 책을 사면 주는 오리지널 북커버에는 단골이던 서양화가 사이토 신이치의 손길이 닿아 있다. 대표작인 '요시와라 불타오르다' 시리즈를 그릴 때 도쿄 유곽과 변두리 관련 자료를 구하러 온 그가 돈이 없어 책값 대신 북커버 그림을 그려주고 갔단다.

하지만 시간은 야속하게 흘러간다. 신고 대표에 따르면 제집 드나들듯 하며 자료를 수집하고 연구하던 학자나 교수 대부분이 은퇴했다. 그들의 발길이 끊김과 동시에 요즘 학계에선 뭐가 주목받는지 어떤 자료가 중요한지를 알려주던 소통 창구가 사라져버렸다. 오늘날 연구자들은 종이보다는 인터넷에 의존해 자료를 찾는다. 또 할아버지 시절부터 단골이던 분들이 하나둘 세상을 떠나면서 유족이 유품을 정리해 가져가라고 요청하는 일이 늘었다. 출장 매입 의뢰는 전국 각지에서 들어오는데, 그때마다 1톤이나 2톤 트럭을 끌고 찾아간다. 인건비나 운임을 생각하면 마이너스 업무지만, 단골의 마지막 요청을 무시

Manchuria

{ 1 2
3 4

1 조선, 중국, 만주의 고지도가
   놓인 선반.
2 조선시대 전라도 고지도.
3 일본 전역과 한국 관련
   포토카드.
4 사이토 신이치 화가가 그린
   북커버 그림.

1
2 3

1 에도시대 우키요에 화가의 작품들.
2 테마별로 놓인 그림엽서와 사진엽서.
3 미야다케 가이고쓰의 풍자화 엽서.

할 수 없다는 게 그의 설명이다.

신센도서점은 고지도 전문점이란 명성에 걸맞게 일본은 물론 해외 박물관과 도서관, 향토관과 연계해 지도 전시회를 기획하고 진행한다. 주제를 정하고 그에 맞는 자료를 모아 진열하기까지 쏟는 시간과 정성에 비하면 그다지 경제적 이익은 크지 않지만 고지도를 지켜온 책임감과 문화 계승자로서의 사명감으로 최선을 다한다. 조만간 매장이나 다른 공간을 빌려 에도 고지도 기획전을 개최할 예정이란다. 또 직접 방문하지 못하는 해외 손님을 위해 홈페이지에 영어 표기를 추가하는 작업을 계획 중이다.

"지도나 그림을 구입할 때 잘 팔릴지 안 팔릴지를 고려하지 않아요. 최대한 손님이 관심을 가질 만한, 그러면서도 우리 서점과 어울리는 물건을 들여놓으려 애쓸 뿐이죠. 자주 오는 손님도 중요하지만 처음 오는 손님이 늘었으면 하고 보다 많은 사람이 지도를 직접 느꼈으면 하거든요. 지도는 단순히 길을 찾기 위한 도구가 아니에요. 만듦새나 쓰임새에 따라 다채로운 매력을 가져요. 종이 질감, 글씨 모양, 먹물 농도, 물감 냄새를 손으로 만져보고 눈으로 관찰하고 코로 맡다 보면 오감이 충족된답니다.”

여행에 앞서 여행지 지도를 찾아보듯, 진보초에 가면 신센도서점을 맨 먼저 둘러보길. 역사책 한 권에 버금가는 정보가 담긴 한편 미학적 가치가 높은 고지도에 흠뻑 빠져보는 것도 나쁘지 않은 출발점일 테니 말이다.

나가모리 신고 대표

신센도서점秦川堂書店
주소: 東京都千代田区神田神保町2-3-1 岩波書店アネックス2F
영업시간: 10시~18시(월-토)
홈페이지: shosi-shinsendo.jp
SNS: twitter.com/shinsendo

진보초북센터 위드 이와나미북스
神保町ブックセンターwith Iwanami Books

1층 북카페에 들어서자마자 이와나미서점 책이 사방에 진열되어 깜짝 놀란다. 아, 이곳은 이와나미서점이 운영하는 곳일까. 혼자 노트북으로 작업하는 손님이 대부분이라 조용하다. 메뉴를 보니 재밌다. 이와나미 고유한 문고본 디자인과 같다.

이와나미서점은 1913년 8월 이와나미 시게오에 의해 창립, 2013년 창업 100주년을 맞이했다. 나쓰메 소세키의 『마음』을 시작으로 1927년 고전 보급을 목표로 '이와나미문고', 1938년 현실적인 문제에 초점을 맞춘 '이와나미신서'를 발행한다. 원래는 이와나미서점이 운영하던 이와나미북센터가 있었지만, 경영난으로 2016년에 폐점했다. 이후 2018년 4월 오다큐의 UDS사가 북카페 겸 공유 오피스 공간으로 재설계해 진보초북센터 위드 이와나미로 이름을 바꾸고 오픈했다. 진보초 거리를 구경하다가 한숨 돌리기 딱 좋은 곳이다.

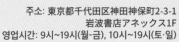

주소: 東京都千代田区神田神保町2-3-1
岩波書店アネックス1F
영업시간: 9시~19시(월-금), 10시~19시(토·일)

고서점 거리의 터줏대감

다카야마서점

高山本店

'고서 백화점'으로 불리는 간다고서센터. 진보초 하면 떠오르는 '구식'이란 이미지에서 벗어나 백화점처럼 손님이 부담 없이 찾아와주기를 바라는 마음을 담아 1973년에 문을 열었다. 이어 1977년 다카야마서점과 기타자와 서점(아쉽게도 지금은 다른 곳으로 이전, 창고용으로 쓰인다)이 공동으로 새 건물을 짓기 시작해 1978년 지금의 건물을 완성했다. 진보초북센터 옆에 위치하며, 층마다 장르가 다른 고서점이 들어선 덕에 원하는 책을 한곳에서 오랜 시간 돌아다니지 않고도 구할 수 있어 사람들 발길이 끊이지 않는다.

간다고서센터 1층에 자리한 다카야마서점은 진보초의 터줏대감으로 140년 넘는 역사를 자랑한다. 건물 중앙 통유리로 마감된 엘리베이터 너머로 출입문 안내판에 적힌 '창업 메이지 8년 서사 다카야마서점創業明治八年 書肆高山本店'이란 문장이 노포임을 알려준다. 서사書肆란 사자성어 서적방사書籍放肆의 줄임말로 서적이 거리낌 없이 널려 있는 곳 즉 오늘날의 서점을 뜻한다. 메이지 8년은 1875년이니 내년이면 창립 150주년을 맞는다.

여느 고서점처럼 건물 앞에는 고서가 한가득 꽂힌 책

1 간다고서센터 외관. 1층에 다카야마서점
  출입구가 있다. 중앙 벽은 엘리베이터.
2 층마다 자리한 고서점이 적힌 간다고서센터
  안내판.

수레가 놓여 오가는 사람들의 시선을 사로잡는 가운데 가까이 다가가면 엘리베이터에 가려 보이지 않던 정사각형 쇼윈도가 모습을 드러낸다. 천장에 달린 노란 알전등 조명 아래 박물관에서나 볼 법한 두루마리형 책자와 일본 전통 예능인 노能의 등장인물이 걸치는 가면인 노멘能面이 목조 상자에 고이 담겨 진열돼 있다. 쇼윈도 옆에는 일본과 중국 관련 미술 전집 세트가 수북하다. 출입문은 쇼윈도 좌우에 하나씩 있는데, 어느 쪽으로 들어가든 고서로 빼곡한 책장이 반갑게 맞이한다.

고전 예능 전공자에게 없어서는 안 될 존재

후쿠오카현 구루메시에서 활과 화살을 수리하던 1대가 메이지유신 이후 1875년 고서를 취급하면서 시작된 다카야마서점은 메이지 30년대, 그러니까 1890년대 후반 진보초에 터를 잡았다. 얼마 전까지 4대 다카야마 하지메高山肇 대표가 운영하다가 지금은 그의 뒤를 이어 장남이 5대째 맡고 있다.

주요 장르는 노, 가부키 등 전통 예능으로 특히 노 관련 희귀 서적과 오래된 노래집이 많은데, 대부분이 다른

1 노멘이 진열된 쇼윈도.
2 출입문에서 바라본 매장 내부.

곳에서는 보기 힘든 고서다. 노는 14세기 무렵 정립된 가면극으로 초현실적 세계에서 저승과 이승의 인물이 등장해 이야기를 펼쳐가기에 보통 비극인 경우가 많다. 또 연출과 연기가 양식화되어 희로애락의 감정을 오로지 가면을 통해 표현한다. 가면은 얼핏 아무런 표정이 없어 보이지만, 기울어진 각도에 따라 기쁨, 슬픔, 두려움이 느껴지도록 정교하게 제작된다. 장인이 손으로 하나하나 만들다 보니 제작 기간이 긴 데다 고급 편백나무가 소재라서 실제 무대용 가면은 귀중한 문화재로 가격이 상상을 초월한다.

다카야마 대표에 따르면 가면뿐만 아니라 의상, 소도구, 노래집 등 노 관련 자료는 가치가 어마어마하기에 평소에는 사람 손이 닿지 않는 진열장에 보관해두고 특별히 찾는 손님에게만 꺼내 보여준다. 고서점에서 보물을 찾으려면 남보다 공을 들이고 발품을 팔아야 하는 이유다. 그럼 일본 고전 노래집은 어떤 모습일까? 사실 옛 가사와 악보는 현대어로 표기하지 않으면 읽기 어려울 뿐만 아니라 연주 기호도 해석이 없으면 이해하기 힘들다. 그래서 고전 예능을 전공하는 대학생이나 연구자가 주로 찾는다.

또 일본사를 비롯해 검도, 유도, 궁도, 합기도 같은 무도와 요리 서적까지 충실히 갖추고 있다. 책장마다 분야별로 입문서와 전문서, 잡지가 가지런히 들어차서 책등을 구경하느라 시간 가는 줄 모를 정도. 그중 에도시대를 중심으로 한 역사서는 효자 상품인데, 오래전부터 역사소설이나 시대소설을 쓰는 작가들이 자료를 구하러 자주 왔다고.

특히 장편소설 『료마가 간다』로 기쿠치간상을 수상한 시바 료타로 작가와의 인연은 남다르다. 철저한 현장 답사와 고증, 풍부한 자료 수집을 바탕으로 작품을 집필한 시바 료타로는 진보초 고서점 거리를 수시로 드나든 것으로 유명하다. 한 작품을 집필하기 앞서 고서점을 돌아다니며 관련 자료를 싹쓸이하는 통에 "시바 료타로가 나타나면 한 주제의 책이 진보초에서 몽땅 사라진다"는 우스갯소리가 전설처럼 전해진다. 다카야마서점 역시 즐겨 찾았는데, 한번은 어떤 책을 구해달라는 요청에 자택이 있던 오사카까지 배달해준 적도 있단다.

"2021년 세상을 떠난 세토우치 자쿠초(『겐지 이야기』해석으로 유명한 승려이자 소설가) 작가도 단골손님이었어요. 수산청에서 발행하는 책에 실릴 조개에 얽힌 글을 쓰기 전에 배가 난파를 당해 실종됐을 때 사람이 바다 위에서 과연 며칠이나 버틸 수 있을지, 과학적 근거를 알기 위해 자료를 구하러 오시기도 했는데 작가는 역사 자료뿐만 아니라 과학 자료까지 찾아가며 창작을 하는구나 싶어 감탄이 절로 나왔어요. 새삼 언어를 다루는 일이 정말 중요하다고 느꼈죠."

다카야마 대표의 말마따나 언어를 다루는 일은 정말 중요하다. 작가는 작은 의문점이 생기면 확신이 들 때까지 책과 자료를 닥치는 대로 읽어야 한다. 그런 점에서 언제든 찾아가면 원하는 책이 손에 들어오는 진보초 고서점 거리가 오랜 시간 한자리를 지켜오며 가까이 있음에 감사할 따름이다. 다카야마 대표는 1947년 진보초에서 태어나고 자란 토박이다. 간다고서센터 자리에 원래 연립주택 다섯 채가량이 있었는데, 그중 한 곳이 그의 집이었다. 작가 나쓰메 소세키가 다닌 학교인 니시키하나소학교

(오차노미즈소학교의 전신) 출신이기도 하다.

"평생 진보초에 살다 보니 추억이 많아요. 지금 마이니치 신문사가 있는 자리는 원래 엄청 큰 공터였어요. 친구들이랑 거기서 불꽃놀이도 하고 다케바시 성곽 해자에서 뛰어놀기도 했죠. 니시키하나공원 외에 다른 곳은 어린 시절과 비교하면 참 많이 달라졌어요. 한 해 한 해 지날수록 환경이 편리해지고 시설이 좋아지지만 너무 바뀌니까 섭섭하기도 합니다."

아쉬움을 토로하면서도 다카야마 대표는 서점이 살아남으려면 변화하는 세상에 맞춰 새로운 전략을 찾아내는 것이 필요하다고 강조한다. 그 역시 아버지로부터 서점을 물려받았을 때, 기존 분야 외에 요리라는 새로운 장르를 추가한 경험이 있다. 노 전문점이란 명성을 생각하면 쉽지 않은 도전이었지만, 살아남기 위해 과감히 실행했고 당시 요리 전문서를 취급하는 고서점이 드물었기에 기대 이상으로 좋은 반응을 얻었다.

벽에 걸린 '고서 고가 매입' 안내문과
많은 손님이 번갈아 찾아온다는 뜻인 '천객만래千客萬来' 액자.

진보초에 고서점이 가장 많았을 때는 150여 개, 가장 적었을 때는 80개 정도로 30년 전이다. 버블 시대라 야스쿠니 거리 상가 월세가 몹시 비싸 줄어들었다가 버블 시대가 끝나고 인터넷이 보급되면서 서점이 점점 늘어났다. 온라인 판매라는 새로운 시장이 생겨난 덕분이었다. 온라인 판매로 수익을 얻다 보니 비싼 월세를 내야 하는 야스쿠니 거리가 아닌 비교적 월세가 싼 스즈란 거리나 사쿠라 거리, 하쿠산 거리 등지에 작은 서점이 잇따라 들어섰고, 그 영향으로 음식점이 하나둘 옮겨오며 활기를 되찾았다.

그사이 거리 풍경은 꽤 달라졌지만, 진보초에 사는 사람들 마음은 여전하다는 게 다카야마 대표의 설명이다. 지금 남은 130여 개 서점을 지키려면 서점 주인뿐만 아니라 지역 상인이 서로 도와야 한다는 마음가짐이라 간다 고서축제, 진보초북페스티벌 등 1년에 여러 콘셉트로 책 축제가 열릴 때마다 참가하지 않는 상점까지 적극 협조하는 편이다. 아울러 서점 주인은 코로나19 이후 대체로 인터넷 판매에 긍정적이다. 손님의 발길이 끊겼던 코로나 팬데믹 시기, 그나마 온라인 매출 덕분에 어려움을 이겨 냈기 때문이다. 요즘은 홈페이지를 리뉴얼하고 SNS를 통해 입고 도서를 홍보하는 등 인터넷 활용에 주력하는 추세다.

"제가 어릴 때만 해도 만화책은 소장 가치가 없었어요. 한 번 읽고 버리는 거였죠. 그런데 지금은 어떤가요? 전 세계적으로 일본 만화가 인기를 끌면서 단행본은 물론 만화가 연재되는 잡지까지 차곡차곡 모으잖아요. 시대가 변하면 가치도 변해요. 예전처럼 서점에 앉아 마냥 손님을 기다릴 수는 없어요. 남보다 먼저 변화에 적응하고 그에 맞는 전략을 세우는 것이 앞으로의 세대가 풀어야 할 숙제이지 않을까 싶네요. 온라인 판매는 그중 하나인 셈입니다."

개인적으론 오감을 자극하는 종이책이 지닌 물성을 직접 느끼지 못한 채 화면에 뜬 정보로만 책을 선택하고 구입하면 무미건조하다. 예전에 논문 자료를 찾는 제자를 도와주면서 진보초를 추천한 적이 있다. 그 제자는 시간이 절약되고 더 싼 온라인 서점이 수두룩한데 굳이 서점

1
2 3

1 천장까지 닿는 키 높은 책장마다 고서가 빼곡하다.
2 도예, 우키요에 등 에도시대 미술서가 충실하다.
3 검술, 가라테, 합기도 등 분야별로 꽂힌 무도 관련 서적.

까지 무거운 책을 사러 갈 필요가 있냐고 내게 되물었다. 시간 절약과 경제적 절감이란 면에서 인터넷 주문이 유용하단 사실에 공감하면서도 아쉬운 마음을 지울 수 없었다. 하지만 시대 흐름에 맞춰 판매 방식을 바꿔야 한다는 미래 세대를 위한 다카야마 대표의 당부는 충분히 이해 가는 대목이다.

사회, 정치, 문화 활동에 꾸준히 참여하는 다카야마 대표는 지역 공동체 활동에도 협력과 지원을 아끼지 않는다. 다른 유명 고서점 주인이 대부분 묵묵하게 서점을 지키는 편이라면, 그는 진보초를 향한 외국인의 관심을 긍정적으로 여기며 인터뷰 요청이 들어올 적마다 늘 흔쾌히 수락한다.

"최근 몇 년간 정치적으로 감정싸움을 벌였지만, 우리 같은 일반인은 한국인에게 좋은 감정을 갖고 있어요. 얼마 전 한국인 대학생들이 나전공예 책을 찾으러 와서 깜짝 놀랐어요. 순주 씨가 노를 공부했다는 것도 신기한데, 나전공예라니요. 정말 반성하게 됩니다. 과거에는 일본이 경제적 부흥국이었을지 모르나, 지금은 한국이 일본보다 훨씬 앞서고 있어요. BTS 봐요, 엄청나잖아요. 제 손녀도 아주 좋아한답니다."

인터뷰 말미에 다카야마 대표는 한일 양국이 책이란 문화를 통해 상대방을 이해하고 공감대를 형성하면 좋겠다는 바람을 내비쳤다. 그의 마음처럼 '책의 마을' 진보초 고서점 거리가 한일 교류의 장은 물론 세계인의 문화 마을이 되기를 기대해본다.

다카야마 하지메 대표

다카야마서점高山本店
주소: 東京都千代田区神田神保町2-3 神田古書センター1F
영업시간: 11시~18시(월-일)
홈페이지: takayamabookstore.com

노能

'노'는 저승과 이승의 인물이 등장하는 가면극으로, 인간과 귀신의 이야기를 풀어낸다. 일본 귀족 예술로 가장 오래된 예능이며, 비극이 주를 이

룬다. 희극인 교겐狂言과 합쳐 노가쿠能楽라 부르며, 일본 각지에 전용 무대인 노가쿠도能楽堂가 자리해 마음만 먹으면 전국 어디에서나 볼 수 있다. 노 가면은 주인공인 시테仕手가 쓴다. 가면은 크게 네 가지로 나뉜다. 노인의 뜻으로 신이나 신성한 능력자를 조멘尉面, 입술을 악물고 힘을 준 듯한 표정의 도깨비나 지옥의 귀신을 나타내는 기멘鬼面, 신령이나 영웅의 영혼을 형상화한 젊은 남자 혹은 소년을 오토코멘男面, 귀여운 여인과 젊은 여인 등 여자를 온나멘女面으로 구분한다. 현재 무대에서 사용하는 노 가면은 130여 종이다.

옆 사진은 시즈오카현 아타미시에 있는 모아미술관 내부에 위치한 노가쿠도 극장이다. 노가쿠협회 홈페이지(nohgaku.or.jp)에 들어가면 노가쿠의 역사를 비롯해 대표 작품, 사용되는 악기와 장치, 인터뷰 기사, 현재 열리는 공연 정보를 얻을 수 있다.

자연이 가득한 보물 창고

도리우미서방

鳥海書房

일본에는 밸런타인데이나 핼러윈 말고도 자체적으로 정한 기념일이 수두룩하다. 이를테면 4월 23일은 '어린이 독서의 날', 11월 30일은 '문자·활자문화의 날' 등등. 그러면 10월 22일은 무슨 날일까. 바로 '도감의 날'이다. 처음으로 도감이란 명칭을 달고 1908년 출간된 『식물도감』을 기리는 한편 도감의 대중화를 목적으로 제정됐다고. 도감의 날 이야기를 왜 꺼내느냐 하면, 이번에 소개할 곳이 동식물 고서점으로 명성이 자자한 도리우미서방이라서다.

엘리베이터를 타고 도리우미서방이 자리한 간다고서센터 3층에 내리면 고색 찬란한 자연 세계가 펼쳐진다. 가장 먼저 눈에 들어오는 것은 금빛 대형 액자에 담겨 다소곳이 놓인 수채화. 무슨 꽃인지는 몰라도 새하얀 꽃잎과 초록 잎사귀가 싱그러워 절로 미소가 지어진다. 향긋한 꽃내음 대신 오래된 책 냄새에 끌려 발길을 옮겨본다. 오른쪽 왼쪽 할 것 없이 손때 묻은 책장마다 빛바랜 책이 빼곡한 가운데 천장에 달린 빨간 간판 하나. '낚시 민속 동식물 도리우미서방'. 그 글자를 뒤로 하고 계산대 앞에서 왼쪽으로 몸을 돌려 안으로 들어가자 또 다른 공간이 나타난다. 활짝 열린 문 위에 매직으로 쓴 '낚시 요리

엘리베이터에서 내리자마자 마주하는 도리우미서방 전경,
빨간 간판 뒤로 천장까지 닿은 키 높은 책장이 눈에 들어온다.

수의학 동식물'이 보인다. 뭐지, 이 서점? 동식물과 낚시와 수의학까지야 얼추 비슷한 카테고리로 묶는다 쳐도 뜬금 없이 민속에 요리라니! 낚시 가서 맛있는 요리를 만들어 먹으라는 의도인가. 스멀스멀 피어오른 궁금증은 2대째 서점을 운영하는 도리우미 히로시鳥海洋 대표의 말을 들으면 금세 풀린다.

"아버지랑 제 취미가 낚시인데, 낚시를 즐기는 마음에는 자연을 향한 경외가 깔려 있다고 생각해요. 단순히 물고기를 잡는 행위가 아니라 자연에서 산, 강, 바다, 식물, 동물과 소통하는 철학적 사색이랄까. 이부세 마스지나 가이코 다케시 작가는 거기에 문학적 감성을 더했죠. 또 지역에 따라 낚시 방법이나 도구, 물고기 이름과 요리법이 다르니 민속적이잖아요. 낚시하는 전날이면 날씨 확인이 필수라 기상과도 연관이 있네요. 낚시에서 동식물, 민속, 음식, 기상으로 분야를 넓혀온 이유랍니다."

주인 취향 담은 색깔 있는 공간

도리우미서방의 시작은 노점상. 홋카이도 출신인 1대

도미우리 기요시鳥海清 대표는 문부성 관할 사서 양성학교에서 공부하며 도서관 사서를 꿈꿨다. 졸업 후 방송국 자료관에 취직했지만, 레코드를 관리하는 부서라 곧 그만두고 1958년 도쿄 기타구 아카바네에서 노점 장사에 나섰다. 오후 3시면 문을 닫는 은행 앞 길가에 돗자리를 깔고 헌책을 팔았다고. 머지않아 근처에 작은 고서점을 열었고, 틈틈이 백화점 상설 즉매회나 책 전시회를 찾아다녔다. 그러다 1977년 간다고서센터 오너인 다카야마서점 다카야마 하지메 대표의 권유로 간다고서센터 8층 한구석에 자리를 잡았다.

아카바네 시절에는 여느 서점과 비슷하게 대중에게 인기 있는 문예서와 만화책을 주로 취급했다. 하지만 진보초 고서점 거리에서 살아남으려면 특색이 뚜렷해야 했다. 기요시 대표는 잘 모르는 분야보단 친숙한 분야에 도전하는 게 낫다고 판단, 자신의 오랜 취미인 낚시를 간판으로 내세웠다. 주인의 취미와 관심사가 서점의 성격을 결정한 셈이었다. 운때가 맞았는지 때마침 낚시 붐이 일었다. 발품을 팔아 갖가지 낚시 관련서는 물론 에도시대 어류도감이나 아이작 월턴의 『조어대전』 같은 고전 양서까

2
1 3
4

1 동식물 전집 세트가 층층이 쌓인 매장 바닥.
2 가지런히 꽂힌 여러 식물책.
3 바구니 속 곤충 잡지들.
4 책장마다 손으로 쓴 분야명이 적혀 있다.

지 고루 갖추자 입소문이 나서 손님이 줄을 이었다. 어느 정도 궤도에 오를 즈음부턴 낚시와 연관된 생물, 민속, 음식 등 장르를 하나하나 추가했다.

그러다 보니 어느새 매장은 바닥에서 천장까지 책으로 꽉 찼다. 좀 더 넓은 공간이 필요하던 차에 지금 자리인 3층으로 내려왔다. 한 층을 다른 서점과 나눠 쓰던 8층에 비해 3층은 꽤 널찍해 초반에는 걱정이 많았다. 늘어난 책장을 채우려면 한꺼번에 고서를 대량 들여와야 했지만, 쉬운 일이 아니었다. 이에 학창 시절부터 일손이 부족할 적마다 가게 일을 도와주던 히로시 대표가 힘을 보태기로 했다.

역사학을 전공하던 히로시 대표는 대학 2학년 무렵, 에도시대 동식물 고서를 조사해달라는 아버지의 부탁으로 관련 자료를 찾다가 옛 생물도감에 관심이 생겼다. 에도시대 사람들이 동식물을 어떤 마음으로 대했는지, 지금처럼 정보 수집이 수월하지 않던 당시에 어떻게 그토록 수많은 식물과 동물을 책에 담아냈는지 궁금했다. 도서관에서 옛 문서도 찾아보고 아버지를 따라 고서 즉매회도 다니며 공부하는 사이 자연스레 서점을 물려받을 결심이 섰단다.

2대 이상 이어오는 진보초 고서점 대표와 인터뷰를 할 때면 종종 '수행'이란 단어가 귀에 꽂힌다. 뭔가 대단한 일을 갈고닦는 듯한 느낌을 주지만 그렇게 거창한 의미는 아니다. 서점은 보통 매장에 진열된 책으로 자기 색깔을 드러낸다. 게다가 역사 깊은 전문점일수록 색깔이 짙기 마련이라, 안에 들어서기 무섭게 뭐가 대표 분야인지 한 눈에 읽힌다. 그 뒤에는 서점 특색을 고려해 책장이나 매대 구성에 수고를 아끼지 않는 베테랑 직원의 한결같은 손길이 존재한다. 문제는 담당 서가를 꼼꼼히 관리하고 손님을 친절히 맞이하는 자세를 단시간에 익히지 못한다는 것. 한마디로 오랜 기간에 걸쳐 쌓은 결과물이다.

그런데 그들은 대부분 히로시 대표처럼 출판과 전혀 관련 없는 분야를 전공하거나 다른 일을 하다가 가업을 잇는다. 주말이나 방학에 아르바이트 겸 가게 일을 도운 경험이 있다고 해도 서점 입장에서나 손님 입장에서나 제 몫을 다하지 못하는 초보자인 건 변함없다. 그래서 몇 년간은 어깨 너머로 다른 선배 직원이 일하는 모습을 눈으로 보고 배우며 차근차근 실력을 키워간다. 그 배움의

시간을 수행이라 표현하는 게다.

미래의 파브르를 기대하며

짧지 않은 수행을 마치고 본격적으로 서점을 맡은 히로시 대표는 에도시대 식물도감이나 식물화 수집에 한층 공을 들였다. 자신의 취향을 반영한 행보인 동시에 전문가 못지않은 손님들 요구에 맞추기 위해서였다. 「은하철도 999」와 「우주전함 야마토」의 원작 만화가로 유명한 마쓰모토 레이지 선생이 에도시대 식물학과 지볼트 자료를 구하려고 찾아온 것이 계기였다. 독일인 의사이자 식물학자 지볼트는 1820년대 일본에서 식물과 동물의 고유종을 수집해 연구한 기록을 다수 남겼다. 마쓰모토 선생은 이미 그에 대한 자료를 엄청나게 모았는데도 더 많은 자료를 원했다. 작품 창작과 전혀 관계없는 분야건만 돈과 시간을 개의치 않고 열정을 쏟는 모습에 감동한 히로시 대표는 선생과 교류하며 다양한 식물학 고서를 갖추려고 애썼다.

매장을 한 바퀴 둘러보면 이제껏 해온 그의 노력이 고스란히 느껴진다. 에도시대 발행된 식물도감 중 최고의 걸작이라 불리는 『본초도보』를 비롯해 세밀한 삽화가 실린 동식물 고서가 책장마다 즐비하다. 조류학자 존 제임스 오듀본이 그린 『북미의 새』 같은 비주얼북은 표지부터 남달라 무심코 펼쳐보고 싶을 정도. 또 꽃과 동물이 그려진 그림과 엽서가 차곡차곡 바구니에 담겨 눈길을 사로잡는다. 일본의 사계절을 꽃으로 표현한 다색 목판화와 동판화는 이곳만의 자랑인데, 한 장 한 장 정성스레 비닐 포장한 덕에 보존 상태가 좋아 수집가들에게 인기가 많다고. 안쪽 서고에는 일본과 해외 요리책을 중심으로 에도시대 요리책, 판형이 크고 두꺼운 도록이나 도감이 놓여 있다. 모두 소장 가치 높은 전문서다. 『파브르 곤충기』나 『파브르 식물기』 등 일반인이나 어린이가 부담 없이 구매할 만한 가격대의 책과 도감도 충실한 편이다.

서점 하면 나이 지긋한 노인이 머릿속에 떠오를 테지만, 도리우미서방은 동식물 전문점이란 특성상 아이들이 자주 들른다. 평일에는 어른 손님이 주로 찾고 주말이나 방학에는 어린 손님들로 북적거리기에 미리 아이들이 좋아할 만한 책을 창고에서 꺼내 매대에 채워놓는다. 단골 중에는 대학교수나 박물관 연구사가 적지 않아 간혹 박

{ 1 2
  3

1 『에도 시대 요리책 집성』위
　꽃과 새가 그려진 석판화.
2 비닐에 싸인 식물 세밀화.
3 수채 동판화 뒤로 보이는
　모토야마 겐지의 유채화.

물관에서 방학 맞이 동식물 전시회를 연다면서 자료를 요청받기도 한다. 그때마다 만사 제쳐두고 주제에 맞는 책과 그림을 찾아 돌아다니기 바쁘다. 큰돈이 되는 일은 아니더라도 어린이를 위한 행사인 만큼 소홀히 여길 수 없다는 게 그의 설명.

사실 도리우미서방은 본점 외에도 매장 겸 창고로 활용하려고 지난 20여 년간 사쿠라 거리에서 2호점을 운영했다. 하지만 안타깝게도 쇼윈도화되어 2020년 3월에 문을 닫았다. 쇼윈도화란 오프라인에서 물건을 살펴보고 집으로 돌아가 인터넷에서 같은 물건을 검색해 가격 비교를 해본 뒤 더 싼 물건을 구매하는 현상을 말한다. 손님으로서는 실속도 챙기고 무거운 책을 들고 다니는 불편도 사라지니 그러겠지만, 서점으로서는 입장료 없이 책만 구경시키고 매출은 못 올리니 눈물을 머금고 가게를 접을 수밖에.

독서 인구는 날이 갈수록 줄어드는 데다 온라인 거래 시장마저 커지면서 서점은 존재 자체가 흔들리는 상황이다. 클릭 한 번으로 세계 어디에서든 원하는 책을 구매하는 시대, 종이책의 물성과 감성으로 지금껏 버텨온 진보초 거리 역시 대응책을 모색해야 하지 않을까. 히로시 대표에 따르면 경쟁 상대이기 앞서 동료이기에 서점끼리 단합해 지자체나 정부의 지원에 의존하지 않고도 헤쳐 나갈 방법을 함께 찾는 중이다. 공동으로 온라인 전산화를 구축한 것이 그 예다.

인터뷰 말미에 그는 인삼 이야기를 꺼냈다. 일찍부터 일본에서 인기가 있었지만 자신은 이제서야 건강에 좋다는 한국 인삼에 관심이 생겼다면서 책 한 권을 펼쳐 보여줬다. 『본초도보』였다. 덧붙여 한국, 일본, 중국은 같은 아시아권 국가라 식물 구성이 비슷하다며 중국과 한국에서 발행된 식물책을 좀 더 보강하고 싶다는 바람을 전했다.

"어느 나라나 책은 큰 힘을 발휘해요. 책 한 권으로 인생이 바뀌었다고 고백하는 유명 인사가 꼭 있잖아요. 어린 시절 읽은 과학책이 재미있어 대학에서 관련 분야를 전공한 것도 모자라 평생 연구에 매진하는 사람도 있고요. 부모를 따라 자주 오던 초등학생이 어른이 돼서 자연과학을 연구한다거나 박물관에서 근무한다며 찾아올 때는 정말 뿌듯해요. 그게 서점의 존재 이유랄까, 사명감이겠죠."

1 사계절이 담긴 엽서와
  보태니컬 도안.
2 1828년 총 96권으로
  완성된 『본초도보』.
3 『본초도보』에 실린 인삼.

히로시 대표의 말처럼 책의 힘은 대단하다. 누가 아나, 지금 도리우미서방을 찾는 아이 가운데 미래의 파브르가 나올지. 온라인 서점에서는 만나기 힘든 시각적 환희와 촉각적 감동이 가득한 이 공간을 아이와 함께 다시 찾아갈 생각이다.

도리우미 히로시 대표

도리우미서방鳥海書房
주소: 東京都千代田区神田神保町2-3 神田古書センター3F
영업시간: 10시~18시 30분(월-토), 11시~17시 30분(공휴일)
SNS: twitter.com/nyhk4

추억과 꿈이 깃든 동화 나라

미와서방

みわ書房

국민학교(현재는 초등학교) 때, 방학 숙제로 항상 '독후감 쓰기'가 있었다. 당시 학교에서 지정한 독서 목록에는 이순신 장군이나 헬렌 켈러 같은 역사적으로 유명한 인물을 다룬 위인전, 홍길동전이나 장화홍련전 같은 고전소설, 전래동화가 많았다. 지금처럼 다양한 주제를 작가의 상상력으로 개성 넘치게 빚어낸 창작동화는 거의 없었을뿐더러 알록달록한 그림이나 사진이 실린 컬러판도 보기 어려웠다. 요즘 나오는 어린이책과 내가 유년 시절 읽은 어린이책을 비교해보면 아이의 창의력을 중요시하는 교육이 얼마나 발전했는지 실감한다.

1980년대 들어 컬러텔레비전이 대중화되면서 '한국전래동화'나 '세계명작동화'라는 이름으로 컬러판 전집이 속속 나오긴 했지만 꽤 비쌌다. 『성냥팔이 소녀』나 『소공녀』 같은 명작을 전집으로 그것도 컬러로 인쇄된 책으로 읽는 친구가 무척 부러웠다. 그래서 넉넉하지 않던 살림에 부모님이 탄탄한 하드커버 장정에 예쁜 그림이 가득 담긴 동화책을 몇 권 사주셨던 순간을 잊지 못한다. 『빨간 구두 아가씨』와 『헬렌 켈러』였다. 지금까지 읽던 거칠거칠한 갱지에 흑백 그림이 그려진 동화책이 아니라 매끄

1 5층에 내리자마자 보이는
   미와서방 전경.
2 미와서방으로 올라가는
   엘리베이터 입구.

럽고 화려한 컬러 동화책을 처음 넘길 때의 감동이란! 신선한 충격이었다.

간다고서센터 5층에 자리한 미와서방에 갔을 때도 비슷한 감동을 느꼈다. 미와서방은 고서점 거리에서 흔치 않은 어린이 헌책방이다. 어린이 헌책방이라는 말이 살짝 어색하긴 한데, 고서치고는 조금 어린 30년에서 40년 정도 지난 컬러 동화책과 그림책, 아동 연구서가 가득 모여 있다.

미와서방은 1983년 9월에 문을 열었다. 주인인 미와 다카시三輪峻 대표는 원래 같은 자리에 있던 키가구서방이라는 고서점에서 처음 일을 시작했다. 그러다 키가구서방이 문을 닫게 되면서 이름만 바꿔 그대로 이어받았다. 당시에는 많은 서점이 신간부터 고서까지 서로 경쟁하는 바람에 서점 운영하기가 쉽지 않았다고 한다. 이런저런 고민 끝에 어린이 전문 서점이 없음을 파악하고 전국 어디에도 없는 어린이 고서점으로 재탄생했다. 벌써 40년도 더 된 일이다.

"미와서방은 100년 넘는 긴 역사를 가진 다른 고서점에 비해 역사가 짧은 서점입니다. 지금이야 40년이 되어 다른 지역에선 노포 소리를 듣겠지만, 진보초에서는 어림없는 소리죠. 당시만 해도 어린이책은 그 수도 적고 진열도 매장 구석에 작게 자리 잡았어요. 그게 아쉬워서 좀 특별하고 유니크한 어린이 헌책을 수집하다 보니 이제는 공간 전체가 어린이책으로 가득하네요. 그러니 그냥 고서점이라기보다는 어린이 전문 헌책방으로 생각하시면 좋을 것 같습니다."

미와서방에 들어서면 왼쪽과 오른쪽 통로로 나뉜다. 계산대 쪽 왼쪽 통로는 입구부터 아동 전문 고서와 자료가 즐비하고, 입구 안쪽으로는 시대가 느껴지는 그림책이 진열되어 있다. 그중 미와 대표가 자신 있게 추천하는 책은 일본 전래동화인 '모모타로'다. 모모桃란 복숭아란 뜻이고, 타로太郎는 한국어로 말하자면 흔한 남자아이 이름이다. 한자를 음독하면 '복숭아태랑'이겠다.

어린이에게 추천하는 첫 번째 책은 모모타로

모모타로의 내용은 이러하다. 어느 작은 해안가에 아

이가 없는 노부부가 살고 있었다. 어느 날 아내가 옷을 빨던 중 강가에서 크고 예쁜 복숭아가 동동 떠내려오는 것을 보고, 그 복숭아를 남편과 나눠 먹을 생각으로 냉큼 건져 올려 집으로 가져와 칼로 반으로 갈랐다. 그랬더니 복숭아 안에서 웬 사내아이가 울고 있는 게 아닌가. 복숭아에서 나온 아이라 하여 모모타로라는 이름을 지어준다. 마침 아이가 없는 노부부는 모모타로를 양아들로 삼아 정성껏 키운다. 청년이 되어 부모를 잘 봉양하며 지내던 중 모모타로는 마을 사람들에게 몹쓸 짓을 하는 도깨비들 버릇을 고쳐주겠다며 길을 떠난다. 그때 먼 길을 떠나는 모모타로에게 노부부는 수수경단을 만들어주는데, 모모타로는 길에서 만난 개, 원숭이, 꿩에게 수수경단을 나눠주어 동료로 만든다. 그리고 그들은 힘을 합쳐 도깨비들과 싸워 마을로 금의환향, 행복하게 살았다는 해피엔딩 이야기다.

한국 위인전이나 설화에서 보는 흔한 이야기지만, 일본에서 모모타로는 전국 어디에서나 유명한 전설의 위인이다. 특히 모모타로의 배경인 오카야마현 오카야마역에는 모모타로 동상이 있고 맨홀 뚜껑에 모모타로 그림이 새겨

日本
児童文学
研究史

上笙一郎 著

1 왼쪽 통로 진열대에 놓인 비닐로
　포장된 전래동화책들.
2 모모타로의 첫 컬러판 동화책,
　보존 상태가 최상급이다.
3 미와 대표가 자랑스레 보여준
　『일본 아동문학 연구사』.

져 있다. 더불어 오카야마현의 특산품은 복숭아다.

책장을 자세히 살펴보니 첫 모모타로 컬러판부터 그 후 시대별로 나온 여러 버전 책이 빼곡히 꽂혀 있다. 특히 쇼와시대 들어 처음으로 출판된 모모타로 컬러판은 어찌나 관리를 잘했는지 마치 새 책처럼 깨끗했는데, 그 가치가 어마어마할 것 같다. 하지만 다른 고서점에 비해 미와서방에 놓인 책들은 비교적 싼 편에 속한다. 유년 시절을 그리워하며 동화책을 모으는 수집가나 연구자가 자주 찾는 이유다.

단골 중에 동화작가가 탄생하기도 하고, 손님으로 왔다가 아르바이트생으로 일하며 나중에 삽화가로 데뷔한 사람도 있다. 그래서 미와서방 출입구 옆에는 그들이 동화작가가 돼서 펴낸 책과 손수 그린 그림을 기념 삼아 진열해놓았다. 매우 자랑스럽게 보여주며 설명을 늘어놓는 점주의 얼굴에 옆집 할아버지가 지을 법한 포근한 미소가 어린다. 처음 미와 대표에게 인터뷰를 요청했을 때 조용하게 할 말만 하고 침묵하는 통에 사실 말을 이어가기가 힘들었다. 어떻게 하면 재미난 이야기를 들을 수 있을까 고민이 많았다. 그러다 이 책을 쓰기 위해 진보초 고서점

1 2
3

1 일본 아동문학의 아버지라 불리는
  스즈키 미에키치가 창간한
  아동지 『빨간 새』.
2 아르바이트생 출신 동화작가
  단지 아키코의 동화책 포스터.
3 동화작가 스즈무라 세이치로의
  『장난감』. 가장 오래된 동화책.

이곳저곳 다닐 때마다 종종 길가에서 마주치다 보니 어느새 서로 '고쿠로사마ご苦労様(수고하네)'라는 따뜻한 말 한마디를 건네는 사이가 됐다.

지난해 봄, 고서 시장이 열렸을 때였다. 미와 대표가 길가에 가판대를 내놓고 책을 판매하고 계셨다. 근데 얼굴빛이 밝지 않았다. 유난히 춥고 비가 내려 판매량이 좋지 않았던 모양이다. 다행히 주말 사이 날씨가 좋아지고 코로나19가 잠잠해져 아이와 함께 나온 가족들이 미와서방에 들러 책을 사 갔다고 한다. 재작년 가을 고서축제가 3년 만에 부활해서 그런지 예전 판매량에 미치지는 못하지만 나름 조금씩 회복세에 접어들었다니 다행이다.

"서점을 하면서 나도 나이가 들고 손님도 나이가 들었어요. 손주 같던 아이가 어른이 되어 자기 아이를 데리고 올 때면 뭔가 뿌듯해요. 순수한 어린 시절 읽었던 동화책을 일부러 찾으러 오는 손님도 있는데, 없으면 죄송하고요. 그걸 기억했다가 그 책을 갖다 놓으면 누군가 그 책을 발견하곤 '내가 찾고 싶은 책이었다'며 서둘러 사서 돌아가는 모습을 보면 아주 행복하답니다. 책 한 권으로 어린 시절을 되찾아준다니 이처럼 보람찬 일이 또 있을까 싶어요."

언제 어색한 정적이 흘렀나 싶게 손님과 책 이야기를 정답게 나누는 그는 할아버지의 따뜻한 미소를 한가득 머금고 있다. 인터뷰 내내 책 소개를 하며 손님이 아동 연구자가 되어 본인이 쓴 책을 기부하고 중요 책 정보를 알려줬다는 일화를 말해줄 때 즐거워하던 모습을 잊을 수 없다.

"처음에는 단순히 쇼와시대 책을 모으는 수집가인 줄 알았어요. 그런데 알고 보니 동화 연구자였고, 그분 제자, 또 그 제자가 줄줄이 단골손님이 되었죠. 그분들이 나중에는 귀중한 자료를 넘기면서 책 가격도 붙여주셨어요. 하지만 전 비싸게 판매하지 않아요. 왜냐하면 아이들이 볼 책이 잖아요. 그리고 그들의 어린 시절 추억을 선물하는 곳이니까요."

한국과 일본, 동화책 문화는 달라도 세계 명작은 한국이나 일본이나 비슷한 것 같다. 물론 제목부터 낯선 책도

1 동화책 코너에는 일본어판 세계명작선을 비롯해 각 나라에서 출간된
   동화책이 즐비하다. 영어, 프랑스어, 러시아어 등 다른 언어로 적힌
   세계명작선을 구경하는 재미가 있다.
2 일본어로 '멘코めんこ'라 불리는 딱지. 동그라미, 네모 등 형태와 캐릭터 등
   그림이 다양하다. 게임 방법은 한국과 비슷하다.

있었지만, 한국에서 어린 시절에 즐겨 보던 『이솝이야기』, 『성냥팔이 소녀』, 『아기돼지 삼형제』, 『피노키오』 등을 발견하는 재미에 시간 가는 줄 몰랐다. 그중 가장 재미있던 건 1970년대 혹은 1980년대 제작된 동그란 딱지였다. 나도 모르게 웃으며 어린 시절 추억에 흠뻑 빠져버렸다. 미와서방은 주인의 행복한 미소처럼 들르는 모든 이가 어린 시절을 회상하며 행복한 추억에 젖는 곳이다.

미와 다카시 대표

미와서방みわ書房

주소: 東京都千代田区神田神保町2-3 神田古書センター5F
영업시간: 11시~18시(월-토), 11시~17시(공휴일)
홈페이지: miwa-shobo.com
SNS: twitter.com/miwashobo

진보초 고서점 거리 등급별 방문하기

일본어를 전혀 몰라도 진보초 고서점 거리를 구경할 수 있나요?
물론이죠. 책이란 꼭 글자로만 이루어진 물건이 아니거든요.

누구나 ▶ 맑은 날에 간다. 길거리에서 책을 고르고 읽는 사람들을 구경하면서 진보초만의 특별한 공기를 마셔보자.

초급 ▶ 진보초역에서 내린다. ▶ 'JIMBOCHO 고서점MAP'을 손에 넣는다. 눈 밝으면 길거리 진열된 매대에서 바로 발견한다.

▶ 한국인 서점주가 운영하는 책거리에 가서 한국어로 번역된 일본책과 일본어로 번역된 한국어책을 구경한다. 운 좋으면 번역자를 만날 수도 있다. 그럼 기념으로 사인본을 구매하자. ▶ 100엔, 200엔, 균일가 매대에서 갖고 싶은 책을 한 권 골라 가게 안으로 들어간다. 일본어를 모르면 어때. 기념품으로 갖자.

중급 ▶ 자기 나름대로 순례 코스를 짠다. 이 책 앞에 실린 지도의 거리별로 계획해도 좋다. ▶ 되도록 많은 가게를 둘러보자. 시간을 들여 구경하다 보면 가게마다 특징이 눈에 들어온다. ▶ 마음에 드는 책을 발견하면 반드시 산다. 고서점 특성상 그 책은 한 권밖에 없을 가능성이 높다. ▶ 걷기 편한 신발을 신는다.

상급 ▶ 고층에 자리한 층층별 고서점을 모두 방문한다. 미와서방이 입점한 간다고서센터 한 건물만 보는 데도 꼬박 하루가 걸린다. ▶ 간다고서축제 일정을 미리 체크하고 항공권과 숙박을 예약한다.

최최상급 ▶ 진보초에 고서점을 연다.

건물 자체가 드라마 세트

야구치서점

矢口書店

논문 자료를 찾겠다고 무작정 일본으로 떠났던 나의 20대 시절. 일본이라는 나라는 곳곳이 새롭기만 했다. 조용하고 깨끗한 거리, 촘촘하게 짜 넣은 듯한 작고 아담한 주택과 건물, 그리고 일본 만화에서 보던 작고 아기자기한 인테리어 소품까지…… 첫인상은 어렴풋이 품고 있던 그 일본스러움으로 가득했다.

어릴 때 「그 남자, 그 여자의 사정」이라는 애니메이션을 본 적이 있는데, 남녀 주인공의 러브 스토리보다는 주인공이 사는 동네와 주택, 작고 예쁜 가게 배경 그림이 기억에 남았다. 정말 일본 집들은 만화에서 본 것처럼 작고 귀엽게 생겼을까? 설마 아이스크림 가게와 햄버거 가게가 그렇게 예쁠 수 있을까? 머릿속에서 말풍선이 하나둘 이어질 즈음 직접 일본에 오니 정말 만화 같은 동네가 눈앞에 펼쳐졌다.

진보초는 다른 번화가보다 오래된 건물이 많다. 또 독립된 저층 건물이 옹기종기 모여 있다. 누가 봐도 과거 모습이 고스란히 남겨져 있음을 느낀다. 높은 고층과 달리 2층과 3층을 연결해주는 가파른 계단 혹은 접이식 사다리를 타고 올라가는 벽장, 평수는 작지만 높이를 길게 만들어 여러 층으로 활용한 건물들. 도쿄 시내의 비싼 땅값으로 인한 효율을 높인 공간 구조겠지만 지진과 같은 자연재해가 많은 곳에 알맞게 이루어진 도시계획이기도 하다.

야스쿠니 거리를 따라 한 블록쯤 가다 보면 유난히 눈에 띄는 오래된 3층 목조 건물이 하나 있다. 바로 100년에 가까운 역사를 자랑하는 야구치서점이다.

2022년 11월, 야구치서점에 갔을 때 NHK BS 방송에서 일본의 쇼와시대 건축양식 다큐멘터리를 촬영하고 있었다. 3대에 걸쳐 서점을 운영하는 야구치 데쓰야矢口哲也 대표를 만나고 싶었지만 방송사 인터뷰가 두 개나 잡혀 있어 얼굴 보기가 어려웠다. 그중 하나는 유럽 방송사였는데, 아마 유럽인의 눈에도 진보초라는 과거와 현대가 공존하는 동네가 꽤나 흥미롭지 않았을까.

야구치서점의 창업자인 야구치 기요시로矢口潔郎 대표는 나가노현 마쓰모토시에서 태어났다. 삼촌인 시인 구보타 우쓰보(『겐지 이야기』 같은 고전문학을 새롭게 해석해 문화공로자로 선정됐다)가 그의 아이들 이름을 모두 지어주었단다. 1908년 도쿄에 올라와 도쿄도서점에서 일하다가 1918년 진보초 니시키마치에 고서점을 열었고, 1934년 지금 자리

야구치서점. 2층과 3층은 건물 주인이 사용한다.

로 옮겨왔다. 그때 서점명은 '세이센토서점靜専堂書店'. 당시 신주쿠의 유명 레스토랑 '나카무라야'의 소마 아이조 사장 부부와의 인연으로 나카무라야 관련 책자를 편집, 발행한 적도 있다고.

그러다가 1951년 이름을 '야구치서점'으로 바꿨다. 1950년대 간다나 진보초에는 신서를 취급하는 책방을 비롯해 서점이 100군데 이상 있었고 고서는 잘 팔리지 않던 시절이었다. 어떻게 하면 고서 판매량을 늘릴 수 있을지 고민하던 기요시로 대표는 자신이 좋아하는 영화와 연극(주로 신극) 관련 책은 물론 잡지, 광고지를 모으기 시작했다. 영화와 신극은 역사도 짧고 출간된 전문서적도 적었기에 처음에는 서점 전체를 영화와 연극으로만 채우기 쉽지 않았다.

하지만 오랜 시간 발품을 팔며 애쓴 끝에 1975년 드디어 '영화·연극·희곡·시나리오' 고서 전문점이란 간판을 당당히 달 만큼 자료를 모았다. 3대 데쓰야 대표는 아마도 할아버지는 최초로 영화 팸플릿이나 전단을 중고로 거래한 선구자이지 않을까, 라고 말한다. 당시는 외국 영화나 TV 드라마가 매우 인기 있던 시대로 『스크린』과 『로드

쇼』 같은 외국 스타를 다루는 잡지를 손님들이 많이 찾았다.

영화·연극·희곡·시나리오 전문 고서점이 되기까지

1979년부터 2대인 고지光二 대표가 서점을 운영했다. 그때 친분이 두터웠던 다니카와 요시오 다큐멘터리 영화감독과 함께 『시나리오 문헌 전후편』을 출판했다. 이 책은 시나리오 서적을 조사하고 검색할 수 있어, 읽고 싶은 영화의 시나리오를 읽기 위한 길잡이란 평가를 받으며 꽤 주목받았다. 예를 들면 『키네마준보』를 읽고 싶으면 『월간 시나리오』 몇 권의 몇 호를 보라고 알려주는 식이다. 이를 계기로 매출이 상승함과 동시에 '영화책 하면 야구치서점'이란 등식이 확고해졌다. 『시나리오 문헌 전후편』은 영화 관계자들에게 호평받은 후 1984년 증보 개정판이 나오기도 했다.

야구치서점 건물 옆에는 음악 클래식 전문점인 고가서점이 있었다. 아쉽게도 고가서점은 2022년 12월 말로 폐점했다. 12월쯤 야구치서점을 인터뷰했을 때만 해도 손님이 꽤 많아 보이길래 내년 1월 중순께 인터뷰 요청을 해

1 『키네마 준보』 1991년, 1992년도.
2 『키네마 준보』 1979년 2월호.
3 『키네마 준보』 2013년부터 2020년도 버전.
4 『키네마 준보』 2017년 2월호. 표지 사진이 더 선명하고 튼튼한 질감을
　느낄 수 있다.

1 2
3 4

야지 했는데, 하루아침에 진보초 역사에서 감쪽같이 사라지고 말았다. 올해 중반까지 빈 가게가 셔터를 내린 채 쓸쓸한 공간으로 버티다가 여름에 투명 유리 출입문 너머로 책이 차곡차곡 쌓인 모습을 발견했다. 그리고 반가운 얼굴이 서고를 정리하고 있었다. 바로 야구치서점 데쓰야 대표였다. 고가서점 자리를 야구치서점이 서고로 인수해 정리되지 않은 『키네마준보』 외에 시나리오 문헌을 시기별로 진열해놓았다.

3대인 데쓰야 대표는 1987년부터 일하기 시작했다. 1990년 1대인 할아버지가 100세의 나이로 타계하고 2대인 아버지와 함께 뒤를 이어 운영하며 1995년에 지점을 내기도 했지만, 3년 만에 문을 닫고 만다. 그 후에 적적한 마음을 달래고자 다람쥐와 토끼를 키우다가 지금은 올빼미를 키운다. 다람쥐와 토끼는 서점을 지켜주는 귀여운 존재로 손님들에게 인기가 많았지만, 올빼미는 야행성이라 서점에 내놓기가 어렵단다. 1대 때 쿠마라는 이름을 가진 고양이를 키운 적이 있는데, 당시 손님들에게 무척 사랑을 받았단다. 아마도 조용한 서점에 들어설 때마다 앙증맞은 동물들이 반갑게 맞아준다면, 손님들에게는 즐

1 퇴근길, 외벽 책장을 둘러보는 사람들.
2 유리문 너머로 '키네마준보'라는 글자가 보인다.
3 야구치서점 정문, 쇼윈도 안에는 희귀본이 놓여 있다.

거운 이벤트가 아닐까?

1999년 아버지가 세상을 떠난 뒤에는 데쓰야 대표가 본격적으로 운영을 맡았다. 시나리오와 연극 관련 고서만으로는 가게를 꾸려가기 어려워 긴 고민 끝에 만담, 가부키, 스모, 에도 풍속에도 손을 대기 시작했다. 이때부터 컴퓨터로 재고를 관리했는데, 책 한 권마다 같은 종류의 책이더라도 책 상태에 따라 가격을 달리 입력하는 출고와 입고 시스템을 만들었다. 고서는 서점마다 발행 연도와 절판 여부 등을 고려해 관리하는 데다 한 책을 여러 권 취급하지 않기에 재고 관리 시스템 도입이 힘들었다. 매번 하나하나 입력해야 하는 성가신 일이다.

야구치서점 직원은 단 여섯 명. 여섯 명의 직원이 돌아가며 매일 새로 입고되는 고서 한 권 한 권을 일일이 사진 찍어 데이터화한 후 입력한다. 야구치서점에 잠시 들러 인사를 나눌 때도 매니저와 여자 직원 한 명이 일본 드라마와 한국 영화에 대해 수다를 떨면서 손으로는 부지런히 그날 입고된 책 사진을 찍고 데이터를 올리고 있었다. 그 수량이 수십 권이나 되는데 하루도 빠짐없이 그 작업을 한다고 생각하니 놀라지 않을 수 없었다.

개인적으로 야구치서점과는 인연이 깊다. 대학원 시절, 일본 전통 예능 중 노를 논문 주제로 정하고선 무작정 일본으로 건너왔더랬다. 무식하면 용감하다고 했던가? 이제 막 히라가나와 가타카나를 뗀 상태에서 자료를 구하겠다고 진보초 고서점 거리를 찾아갔다. 아무리 한국에서 한문을 배웠다고 해도 한국 한자와 일본 한자는 다르기에 어려운 고전을 읽기란 쉽지 않다. 일본인도 노를 관람할 때, 현대어 해석본을 곁에 두고 볼 만큼 쉬이 다가서기 힘든 장르다. 그런데 일본어 초짜가 아무런 준비 없이 진보초를 두리번거렸으니 답답할 노릇이다.

여하튼 진보초에 도착하자마자 처음으로 들어간 곳이 야구치서점이었다. 그때 앞치마를 두르고 서 있던 데쓰야 대표의 얼굴이 생생하게 기억난다. "노 관련 책 좀 주세요, 논문을 써야 해서요." 내가 어눌한 일본어로 무턱대고 부탁하자 데쓰야 대표는 친절하게 이곳은 영화와 연극을 다루는 곳이라며 노 전문 고서점을 알려줬다. 소개해준 곳은 최근에 문을 닫았지만, 그 덕분에 나는 무사히 석사 과정을 마쳤다.

데쓰야 대표와의 대화는 시원시원했다. 한국 영화 이야

기, 일본 영화와 신극 이야기로 풍성했다. 그는 취미 부자라서 좋아하는 가수의 팬클럽에 가입해 콘서트를 가거나 시사회가 열리면 되도록 보러 가려 애쓴다. 다만 연중무휴인 서점 특성상 영화 시사회와 가부키의 경우는 몇 개월 전부터 미리 예약하지 않으면 안 되고, 바로 약속을 못 잡기 때문에 취미 생활을 맘껏 누릴 수 없어 아쉽다고 한다. 어쩌면 책방지기라면 누구나 겪는 고충이지 않을까.

배우, 감독, 작가가 즐겨 찾는 공간

'영화·연극·희곡·시나리오' 전문점답게 야구치서점은 서적만 팔지 않는다. 영화상 트로피, 오래된 전단이나 포스터, 팸플릿, 한정판 기념품, 영화 관계자 사진판까지 두루 취급한다. 색바랜 포스터가 향수를 불러일으키고 1950~1960년대 영화배우가 실제로 받은 트로피가 위세를 뽐낸다. 세상을 떠난 원로 배우의 트로피나 기념품은 때론 남은 가족에게는 쓸모없는 물건이기도 해서 기증을 하거나 파는데, 영화 마니아에게는 세상 둘도 없는 보물이라 인기가 높다. 또 현장에서 사용했던 손때 묻은 시나리오 책자를 구하러 리메이크를 준비하는 영화인이나 영화학도가 찾아오기도 한다. 단골손님 가운데 유명 배우, 감독, 작가가 적지 않아 본인이 참여한 작품 시나리오를 보러 올 때도 있다.

"배우 겸 감독인 사이토 다쿠미를 비롯해 배우 잇세이 오가타나 미우라 도코, 만담가인 간다 하쿠자 등 다양한 분이 단골이에요. 그중 미우라 도코 씨는 지금도 슬그머니 들어와선 한참 책장을 구경하다가 돌아가곤 합니다. 시나리오나 대본 전집 등 과거 작품을 참고삼아 연기 공부도 하고 작품 소재도 찾는다고 하네요. 같은 대본이라도 시대에 따라 대사가 변하고, 감독이 바뀌면 연출이 달라지기 마련이잖아요. 저는 예전 시나리오와 새롭게 나온 영상을 비교하며 다른 부분을 찾아내는 게 재밌어요. 그러면서 이 대사와 장면은 또 앞으로 어떻게 표현될까 궁금해하죠."

학창 시절부터 오던 단골이 나중에 감독으로 데뷔한 사람이 많아서 그런지 야구치서점은 드라마, CF, 영화의 촬영지로도 유명하다. 배우 다카하시 잇세이가 등장하는

CF나 배우 사쿠마 유이가 출연하는 드라마 「어이 미남!」 등등 출판사가 등장하거나 서점에서 근무하는 장면이 있으면 으레 야구치서점에서 촬영하기에 배경으로 나온 작품이 셀 수 없이 많다. 하지만 아쉽게도 개인은 내부 사진 촬영이 금지되어 있다. 요즘 옥션 같은 온라인 경매 사이트를 통한 개인 간 고서 거래가 늘면서 고서점에서 파는 책의 가격과 정품 가치가 떨어지는 일이 빈번해서다.

진보초에는 1968년 개관한 이래 일본 예술영화의 성지로 불리던 '이와나미홀'이 있었다. 1974년 사트야지트 레이 감독의 「아푸의 세계」를 상영한 것을 계기로 대형 배급사가 다루지 않는 수많은 명작과 화제작을 소개하며 명성을 이어오다가 경영이 급격히 악화, 2022년 7월 폐관하고 말았다. 하긴 코로나19 영향으로 많은 곳이 사라지거나 문을 닫았다. 이와나미홀에서 열리는 기획전에 맞춰 세계 유명 배우나 감독이 진보초에 올 때마다 야구치서점에 들러 책을 사기도 했다는데, 그런 곳이 역사 속으로 사라져서 아쉬울 따름이다. 다행히 그 공간을 활용한 새로운 사업이 기획 중이라고 하니 어떤 모습으로 변신할지 기대된다.

"시대가 변하면서 고서점이 사라질지 모른다고들 하는데, '진보초'는 지켜야 한다, 남겨야 한다는 마음이 크기에 줄어들긴 해도 아예 사라지진 않을 거예요. 게다가 일본은 '활자문화 프로젝트'가 이어지고 있어요. 코로나 팬데믹 때 비대면 교육이 시행되면서 태블릿 활용도가 높아지긴 했지만, 여전히 종이와 활자를 사용하는 교육을 권장하기에 종이 문화는 계속 남으리라 생각합니다."

일본에서 초등학생 아이를 키우는 엄마로서 공감이 가는 대목이다. 학교에서 나눠준 태블릿이 있는데도 종이로 된 안내문이나 알림장을 아이가 꼬박꼬박 가져온다. 음독이나 암산 카드 숙제를 매일 내주기에 다 하면 확인 도장을 반드시 찍어 보내야 한다. 어떤 날은 안내문이 열 장 넘을 때도 있다. 한 장 한 장 읽어가며 빈칸을 채워야 해서 이만저만 번거로운 것이 아니다. 가끔은 종이 문화를 소중히 여기는 모습에 감탄하면서도 옛날 시스템을 이렇게까지 고집하는 일본이 도통 이해되지 않는다. 그만큼 활자문화 프로젝트가 교육 현장에서 철저하게 이뤄진다.

또 데쓰야 대표의 말마따나 진보초 고서점 거리를 지

1 야구치서점은
  간다고서축제 때면
  외부 매장을 운영한다.
2 축제 목록집에 실리는
  14개 서점 중 하나가
  야구치서점이다.
3 축제 기간 동안 판매한
  오리지널 에코백.

켜내려는 노력이 끊이지 않는다. 일례로 간다고서점연맹과 지요다구가 힘을 모아 '북타운 진보'(jimbou.info)를 리뉴얼해 코로나 팬데믹 시기 영상으로나마 고서점과 맛집, 새로운 소식 등을 제공했다. 사람들은 업로드된 사진과 영상을 통해 간접 산책을 즐기고 사고 싶은 책을 온라인 주문했다. 덕분에 진보초 고서점은 어느 정도 매출을 올리며 힘든 상황을 버텨냈다. 이 영향으로 일본 고서점들은 공들여 웹사이트를 리뉴얼하고 인터넷 판매에 주력하는 중이다. 진보초 고서점 거리가 유명하긴 해도 해외에서 인터넷으로 책을 주문하려면 다소 불편하다. 인터넷 주문을 활성화하기 위해선 외국인이 클릭하기 쉽게 목록을 간결하게 만들거나 메뉴 재배치가 필요하다. 아울러 좀 더 영어 서비스를 보강하고 서점마다 입고된 책이나 상품을 올릴 때 사진과 글자를 크게 하면 좋겠다는 것이 개인적인 바람이다.

"오래전부터 일본 영화는 세계적으로 알려진 만큼 외국인이 관심을 많이 보이는데, 고서점이라는 특성상 어려움이 있어요. 도서뿐만 아니라 DVD나 포스터, 팸플릿 등 다양

'북타운 진보'는 진보초를 소개하는 종합 안내 사이트로, 고서점 리스트와 거리 지도를 다운받을 수 있다.

한 상품을 갖춰놓았음에도 홍보하기가 쉽지 않습니다. 책이 한 권만 있는 경우가 대다수고, 소개하려면 사진을 몇 장이고 찍어야 하니까요. 하지만 외국 손님이 늘었으면 하는 마음으로 조금씩 보완하는 중이니 점차 나아지지 않을까 생각합니다."

고서점의 가장 큰 한계는 '한 권의 책', '하나뿐인 물건'이라는 점일지도 모른다. 그 한 권, 그 하나가 팔리면 상품 목록에서 사라지니 말이다. 하지만 이런 희소성이야말로 고서가 지닌 장점이 아닐까? 오랜 시간 찾아 헤맨 끝에 원하던 보물을 손에 넣었을 때의 기쁨이란, 그 묘한 매력 때문에 진보초가 세계에서 주목받지 싶다. 자기만의 개성으로 똘똘 뭉친 서점과 가게가 가득한 거리에서도 영화와 관련된 온갖 물건을 판매하는 야구치서점은 그야말로 신기한 만물상이다. 색다른 영화 여행을 떠나고 싶다면 꼭 가보길 추천한다.

야구치 데쓰야 대표

야구치서점矢口書店

주소: 東京都千代田区神田神保町2-5-1
영업시간: 10시 30분~18시 30분(월-토), 11시 30분~17시 30분(공휴일)
홈페이지: yaguchishoten.jp
SNS: twitter.com/yaguchishoten

카페 티샤니 カフェティシャーニ

야구치서점에서 코너를 돌면 2층에 간판이 바로 보이는 카페 티샤니. 야구치 데쓰야 대표가 추천해준 유명 카페로 코로나 팬데믹으로 문을 닫았다가 2023년 들어 재오픈했다. 혹시라도 야구치서점의 기운을 그대로 느끼고 싶은 분이 있으면 티샤니의 한정 메뉴를 추천한다. 클래식한 매장 분위기와 계절마다 바뀌는 신상 케이크와 음료 조합은 마치 드라마 세트장에 온 듯한 느낌을 선사한다. 야구치서점에서 새로운 만물상을 구경한 후 티샤니에서 고급스러운 차 한잔 혹은 점심을 즐기는 건 어떨까.

주소: 東京都千代田区神田神保町2-3 英光ビル2F
영업시간: 11시~18시(월-금)
SNS: twitter.com/cafe_tichani

동심의 세계로 초대하는

북하우스 카페

ブックハウスカフェ

예스러운 진보초 거리에 귀엽고 아기자기한 해와 달 간판이 지나가는 사람들을 손짓하며 부르는 듯해 나도 모르게 발걸음을 멈추고 문을 연다. 입구에 들어서면 높은 천장과 책에 둘러싸인 환한 공간이 맞이하는 가운데 커다란 테이블이 눈에 들어온다. 서점인가 카페인가 살짝 갸우뚱하다가 금세 서점임을 눈치챈다. 분주하게 책을 들었다 놨다 하는 아이들과 옆에서 그 모습을 흐뭇하게 지켜보는 부모들이 섞여 소란스럽다. 마치 놀이터에 온 것처럼 아이들이 모두 까르르 자지러지게 웃거나 으아앙 우는 소리까지 시끄럽다. 역시 내가 아는 진보초와는 사뭇 다르다.

북하우스 카페는 기타자와서점이 있던 자리인 1층에 위치한다. 클래식한 서양식 높은 건물에 위치해 얼핏 보면 영미 문학을 취급하던 기타자와서점으로 착각하기 쉽지만 기타자와서점은 그 위인 2층으로 옮겼다. 북하우스 카페는 기타자와서점과 연이 깊은데 바로 기타자와서점 기타자와 이치로北沢一郎 대표의 여동생인 이마모토 요시코今本義子 대표가 운영한다.

1 '어린이책 전문점, 연중무휴'라는
  안내문이 적힌 입간판.
2 전면이 통유리로 된 북하우스 카페.

이 공간을 절대 사라지게 할 수 없어!

2005년 여러 출판사가 모여 '그림책 문화를 지키자'는 취지로 어린이책을 다루는 서점을 만들기로 했다. 이름하여 '북하우스 진보초ブックハウス神保町'. 중후한 유럽풍 건축물로 높은 천장, 입구 옆에 위치한 나선 계단으로 2층 기타자와서점까지 연결해 영미 문학까지 읽을 수 있는 공간으로 꾸며졌다. 들어서는 순간 고풍스러운 분위기에 압도당할 만큼 규모가 컸지만 인터넷 보급으로 인한 타격은 피할 수 없었다. 진보초 서점들이 줄줄이 문을 닫은 끝에 2016년 1만여 권의 그림책과 어린이책을 갖췄던 북하우스 진보초는 폐점하고 말았다. 출자한 출판사는 모두 철수했고 2층으로 옮긴 기타자와서점만이 남았다.

"개인적으로 너무 좋아하던 서점이었어요. 공간 자체가 꽤 넓어 서점이나 음식점을 하기엔 어려우니 다들 편의점으로 바뀔 거라고 했지만, 저는 이곳은 꼭 서점이어야 한다고 생각했어요. 북하우스 진보초에서 열심히 근무하던 직원들도 이 멋진 공간과 책을 지켜내고 싶어 했죠. 그래서 제가 직접 운영하기로 마음먹었어요. 출판사 사람들도 생각대로 쉽게 되지 않을 테니 그만두라고 말리고, 다른 서점 주인들도 걱정을 해주셨어요. 하지만 11년 동안 사랑받은 멋진 곳을 없앨 순 없잖아요."

이마모토 대표는 서점 분위기는 그대로 살리되 조금이라도 수입을 더 늘리기 위한 아이디어를 궁리한 끝에 카페와 갤러리 공간을 따로 마련했다. 기존에 사무실이나 창고로 사용한 곳은 키즈 스페이스, 회의실과 이벤트 공간으로 개조해 라이브 공연, 토크쇼, 낭독회, 책 읽기 모임을 열 수 있도록 했다. 또 서점은 보통 저녁 7시에서 8시 사이에 정문을 닫고 그 뒤에는 뒷문을 열어 밤 11시까지 바로 운영했다. 어린이책을 파는 공간에 술을 파는 공간이라니 어색할 법도 하지만, 천장에 달린 해와 달 조명을 받으며 책에 둘러싸인 공간은 매력적인 바로 탈바꿈한다. 서점일 때와 달리 환한 조명을 끄고 바 테이블과 메인 홀 조명만 켜서 근사한 분위기를 연출한다. 정면 유리창 너머로 노란 조명이 따뜻한 인상을 자아내며 오가는 사람들의 발길을 사로잡는다. 점점 입소문을 타면서 이제는 책을 사랑하는 어른들의 또 다른 아지트로 자리매김했다.

{ 1 2
    3
  4 }

1 카페 전용 계산대.
2 삼삼오오 앉아 저마다 이야기를
  나누거나 구입한 책을 읽는다.
3 폭신한 의자와 테이블.
4 북하우스 카페 메뉴,
  삽화와 디자인 모두 단골인
  그림 작가의 솜씨라고.

"새로 문을 연 지 얼마 되지 않아 코로나19가 터졌어요. 2017년 5월 5일에 오픈하고서 많은 이벤트를 기획해 반응이 좋을 때였죠. 코로나19로 인해 순식간에 많은 것을 잃었어요. 우선 손님, 어떻게든 사람들을 모이게 하고 싶었지만 쉽지 않았죠. 야스쿠니 거리의 월세는 정말 어마어마해요. 더구나 이만큼 큰 공간이니 월세 내기가 점점 버겁더라고요. 코로나 팬데믹 전 주말이면 하루에도 행사가 몇 개씩 잡혀 있을 정도로 정신이 없었건만, 너무 힘들었을 때는 크라우드 펀딩으로 서포터를 모으고 정부에서 주는 지원금으로 겨우 버텨냈어요."

북하우스 카페는 엄마와 아이 그리고 가족이 함께 책을 펼쳐 읽고, 이벤트 공간에서는 체험을 즐기며, 가운데 테이블에서는 식사를 하거나 차를 마신다. 어른들이 흔히 상상하는 차분하게 책을 읽는 북카페와는 다른 분위기다. 유모차를 끌고 온 엄마들이 삼삼오오 앉아 이야기를 나누는가 하면, 그 옆 다른 가족은 아이에게 책을 읽어주거나 밥을 먹는다. 조금 산만해도 엄마인 나도 한숨 돌리는 곳이라 정겹다. 아이와 같이 외출하고 싶어도 사람 많은 공간에서 아이가 큰 소리로 울거나 짜증을 내면 괜히 큰 죄 지은 사람처럼 고개를 푹 숙인 채 빨개진 얼굴로 재빨리 퇴장해야 하는 엄마 마음을 충분히 이해하기 때문이다. 엄마도 아이와 함께하는 공간이 필요하고, 아이도 충분히 하하 호호 맘껏 웃을 수 있는 곳이 필요하다. 어른만 가는 멋진 장소에 아이가 당당히 자리를 잡고 있으니, 얼마나 고마운 일인가!

"저도 북하우스를 인수했을 때는 어린아이의 엄마였어요. 어릴 때부터 놀이터처럼 즐겼던 진보초에 신간 아동 서점이 있다는 것만으로도 마음의 안식처가 생긴 것 같았어요. 아이가 울어도, 기저귀를 갈러 가야 하는 난처한 상황에도 이곳은 아기 엄마들의 편한 공간이었어요. 그 모습 그대로 유지하되 아이들이 좀 더 즐기고 행복해할 요소를 더하고 싶었답니다."

아이도 엄마도 아빠도 모두 수다스러워도 좋아

처음 북하우스 카페를 알게 된 계기는 다카야마서점 대표와의 인터뷰 장소여서였다. 마침 인터뷰를 마쳤을 때

1 한국의 유명 동화작가 백희진의
  일본어 번역판 동화책.
  이마모토 대표는 한국 작품에 많은
  관심을 보였다.
2 아기자기한 소품과 책이 한가득
  쌓인 책장과 매대.

}1
 2

이마모토 대표를 소개받았다. 저녁 시간이었는데, 유모차를 끌고 퇴근하는 아빠를 기다리던 엄마와 아기가 식사하는 모습이 눈에 띄었다. 코로나19가 진정되던 시기라서 가족들이 마스크를 조심히 벗고 조용히 식사를 하던 모습이 인상적이었다. 아빠와 엄마는 북하우스 카페의 명물인 카레를 먹거나 맥주를 마시다가 틈틈이 아이에게 이유식을 먹이곤 했다.

우리 가족도 봄 방학을 이용해 북하우스 카페에 다녀왔다. 대부분의 작은 서점은 매장에서 동화책을 펼쳐보기 힘들다. 아이의 손에 들리면 찢어지거나 지저분해지는 경우가 많아서다. 하지만 북하우스 카페는 동화작가의 사인이 담긴 샘플 책을 직접 펼쳐 보며 종이 감촉을 느끼거나 카페 의자나 책장 앞에 놓인 어린이용 의자에 앉아 차분히 읽을 수 있다.

더불어 아이들이 책을 좀 더 가깝게 여기도록 동화작가와의 만남, 낭독회 등을 끊임없이 개최한다. 우리가 갔을 때도 일러스트 작가의 전시회가 열린 뒤 시간대별로 동화 읽기 행사, 풍선 아트쇼가 이어졌다. 소소한 이벤트일지언정 같은 공간에서 다채로운 경험을 선사해서 좋았

1 엔틱한 분위기가 물씬 묻어나는 3층 홀로 들어가는 입구.
2 입구 좌측 세미나나 모임 등 작은 행사 열기에 제격인 공간.

다. 어린이 공간으로 알고 지나쳤던 남편도, 동화책 서점을 처음 방문한 딸도 모두 만족한 표정이었다. 딸아이는 학교 급식으로만 카레를 겨우 먹어봤는데, 이곳 어린이 카레가 너무 맛있다며 두 번 주문해 먹었다.

이마모토 대표는 가족만이 아닌 누구나 만족할 만한 복합적인 북카페를 꿈꾼다. 같은 건물 다른 층에 워크숍 공간, 한구석에 그랜드 피아노가 놓인 클래식 공간, 유럽 미술관처럼 인테리어를 꾸민 아담한 갤러리 등등 끊임없이 아이디어를 구상한다. 직원들이 낸 작은 기획조차 잊지 않고 메모해 새로운 이벤트를 진행할 때 참조한다. 인터뷰하는 도중 연극 일을 하는 내게 한국 드라마를 아주 좋아한다며, 한때 한국어 공부를 했었다는 이야기와 함께 한국 연극 낭독회를 해보자고 제안했다. 정말 그녀의 아이디어는 무궁무진하다.

"저희는 서점이라기보단 서점 형태를 띤 문화 시설이라고 생각해요. 인터넷 서점을 통해 집에서 책을 주문해 받아 볼 수 있는 세상이 되었지만, 직접 경험하는 책과 문화는 다르니까요. 사람들이 마음껏 손으로 느끼고, 눈으로 보고, 귀로 들을 수 있는 공간이 되었으면 합니다."

아이에게는 성장 발달에 아주 중요한 개성을 펼칠 기회를 주고 부모에게는 아이와 함께 생각을 나누는 공간으로, 어르신에게는 취미를 즐기는 공간으로, 나 같은 연극인에게는 좀 더 일반인이 무대를 가까이하도록 해주는 공간이 이마모토 대표가 말하는 문화 공간이리라.

그녀는 지금 새로운 목표를 세우고 있다. 바로 학교와 집만 반복하는 아이들의 두 번째 놀이터가 될 만한 '어린이 식당'이다. 한국과 마찬가지로 일본도 아이와 청소년이 머물 공간이 절실하지만 개인의 힘만으로 오래 운영하기는 힘들다. 그래서 그녀는 말한다. 무면허 경영이라고. 동아리 서클 같다고 색안경을 끼며 말하는 사람들도 있지만, 이 역시 긍정적인 에너지로 어떻게든 개척해나갈 생각이다.

진보초의 130여 개 서점 가운데 신간 서적을 취급하는 곳은 드물다. 대형 서점에서도 신간 아동서는 베스트셀러 외에는 거의 취급하지 않는 것이 현실이다. 그런 곳에서 어린이 신간 동화책을 읽고 고르는 동화 마을은 사막에서 오아시스를 만나는 기분을 선사한다. 가족 동반 여행 중에 한번 들려보는 건 어떨까. 홈페이지에 올려진 이벤트 날짜를 참고해 방문하는 것도 좋은 방법이리라.

이마모토 요시코 대표

북하우스 카페ブックハウスカフェ
주소: 東京都千代田区神田神保町2-5 北沢ビル1 F
영업시간: 서점 11시~18시(월-일)
　　　　　카페 11시~17시 30분(월-금), 11시~18시(토·일)
　　　　　바 20시~23시(월-금)
홈페이지: bookhousecafe.jp
SNS: twitter.com/bookhousecafe

낮에는 어린이 책방, 밤에는 bar?

어느 날 밤, 어두운 진보초 고서점 거리를 걸으니 간판 불빛만 보였다. 대로변이지만 낮과 달리 밤은 적막해 간판 불빛이 따뜻하게 느껴져 반가웠다. 어린이책 전문점인 북하우스 카페를 지나가는데 어라, 실내에서 작은 불빛이 새어 나왔다.

건물 왼쪽으로 돌아가니 옆문이 나오고 안으로 들어서니 스무 명 정도 사람이 모여 북토크를 하고 있다. 아, 오늘 작가 초대회가 열리는 날이구나. 그냥 돌아서려다가 저 끝에 또 하나의 불빛이 눈에 띄었다. 불빛을 따라가니 짠, 저녁에만 운영된다는 바가 등장! 주로 근처 출판사 편집자들이 퇴근 후 들르는 곳이라고. 다섯 명 정도 앉을 만큼 작아도 평온한 시간을 즐기기에 제격이다.

20세기 기억 장치, 서브컬처

@원더

@ワンダー

도쿄에는 진보초 외에도 도쿄대학 앞 혼고나 빈티지 쇼핑으로 유명한 고엔지 등지에 크고 작은 고서점 거리가 들어서 있다. JR야마노테선 다카다노바바역과 와세다대학 사이에 자리 잡은 와세다 고서점가도 그중 하나. 와세다 거리가 생긴 것은 1902년, 이듬해 첫 번째 고서점이 문을 연 이후 하나둘 새로운 가게가 들어서며 고서점가를 형성했다. 1980년대에는 고서점이 40여 곳에 달할 정도로 전성기를 보냈지만, 시대 흐름을 거스를 수는 없었는지 지금은 20곳 정도만 남았다. 나도 가본 적 있는데, 전문점이 즐비한 진보초에 비해 문학부터 예술까지 여러 장르를 아우르는 가게가 많았고 학생 거리답게 100엔 균일가 매대 등 책값이 싼 편이었다.

@원더는 와세다 고서점가와 인연이 깊다. 스즈키 히로시鈴木宏 대표가 1986년 책 대여점을 처음 연 곳이 모교인 와세다대학 근처이기 때문. 대학에서 국문학을 전공한 스즈키 대표는 학창 시절 틈만 나면 와세다 고서점 거리를 돌아다녔다. 인터넷이 없던 시대, 지갑 사정이 넉넉지 않던 그에게 고서점은 공부도 되고 시간 보내기도 좋은 최고의 장소였다. 이곳저곳 기웃거리다 도서관에조차 없

1 초록색 파사드 간판이 싱그러운
  @원더 본점 전경.
2 입구 옆 골목 외벽 책장은
  진보초 명물로 보물찾기에 제격.

는 희귀한 책을 발견했을 때의 기쁨이란! 책 말고도 록을 좋아한 그는 와세다 고서점가에 음악을 전문으로 다루는 서점이 없는 게 늘 아쉬웠다.

하지만 와세다 마을은 조용한 학습 분위기를 중요시했기에 스즈키 대표가 꿈꾸는 가게를 꾸리기엔 적합한 곳이 아니었다. 몇 년 지나지 않아 진보적이고 자유로운 분위기가 넘쳐나는 고엔지로 옮겨 책뿐만 아니라 음악 관련 제품을 판매했다. 고엔지는 예전에도 거리 공연이 자주 열리고 구석구석 작은 라이브 하우스가 흔해 음악을 친숙하게 즐길 수 있는 곳이었다. 1990년대 들어 젊은 층 사이에 밴드 열풍이 불자 록을 중심으로 한 음악 전문 서점을 열면 어떨까 계속 생각하다가 결국 1996년 'RB'라는 간판을 걸고 진보초에 자리 잡았다.

스즈키 대표는 서양 록과 일본 록을 중심으로 음악, 사진, 스포츠, 자동차 등에 주력했다. 당시 아이돌 화보집 붐까지 일어 꽤 매출이 좋았다고. 점점 장르를 넓혀가던 중 2000년 가게 이름을 @원더로 바꿨다. 인터넷이 보급되면서 사람들에게 익숙해진 @, 'sense of wonder'의 wonder를 합친 것. 인류가 인터넷이라는 새로운 경험을

@원더 본점과 분점에 진열된 향수를 불러일으키는 서브컬처 아이템들.

통해 놀라운 감동을 발견했듯, 손님이 @원더에서 20세기를 기억하는 경이로운 감각을 찾길 바라는 마음을 담아 지었다.

추억 저편 잠자던 감각을 깨우다

출입구 상단을 둥글게 감싼 초록색 간판이 멀리서도 눈에 띄는 @원더 본점, 옆 골목길을 따라 건물 벽면에 놓인 거대한 책장은 보자마자 감탄을 자아낸다. 이름하여 '책장 골목'. 골목이 책장이자 가게인 셈이다. 붙박이인가 싶어 가까이 다가가 보니 철제 책장이 벽에 박힌 구조다. 아마 날씨가 궂거나 영업을 마치면 위에 달린 초록색 천막을 쳐서 닫지 싶다. 9단짜리 철제 책장이 골목 중간까지 이어지는 가운데 칸마다 책이 빼곡하다. 게다가 매일 새롭게 입고된 책으로 옷을 갈아입는 통에 오가는 사람들이 그냥 지나치기 힘들다. 발걸음을 멈추고 몇몇은 책장을 꼼꼼히 들여다보기 일쑤다. 나도 인터뷰하러 가기 전에 한참을 서서 구경했다. 안으로 들어서면 살짝 좁은 공간에 다소곳이 자리한 하얀 철제 선반이 한눈에 들어온다. 얼핏 보면 다른 서점과 별반 다를 게 없지만, 외벽 책장과 내부 선반을 찬찬히 살펴보면 꽤 다르다. 문학부터 게임까지 분야별로 군데군데 이색 하위 장르가 섞여 있다.

진보초는 몇 대에 걸쳐 이어온 노포가 많고 오랜 역사를 지닌 만큼 다소 보수적이고 폐쇄적인 곳이다. 이런 고지식한 거리에서 @원더는 클래식한 장르가 아닌 다소 낯선 서브컬처를 간판으로 내세웠다. 무모한 도전이었지만, 경쟁에서 살아남으려면 다른 진보초 고서점에는 없는 색다른 무언가를 갖춰야 한다고 생각해 고민 끝에 내린 결단이었다.

일단 스즈키 대표는 자신이 좋아하는 음악부터 시작했다. 발품을 팔아 잡지 외에도 포스터, 팸플릿, 굿즈 같은 음악에서 확장된 아이템을 꾸준히 구해 매대에 책과 함께 올렸다. 이어 영화, 연극, 문학, 만화 등 하나하나 장르를 넓혀나갔다. 동시에 깊게 파고들었다. 이를테면 소설은 SF, 미스터리, 호러, 에로 등으로, 만화는 일본 만화, 마블이나 DC코믹스, 프랑스 만화 등으로 하위 카테고리를 세분화했다.

"진보초 고서점 하면 두 가지 이미지가 있잖아요. 하나는 오래된 책이고 하나는 헌책이죠. 비슷한 느낌인 듯하지만 가치로 보나 가격으로 보나 차이가 큽니다. 보통 오래된 책은 희귀해 비싸고 헌책은 누군가 읽은 책이라 싸요. 하지만 @원더는 좀 다릅니다. 오래됐거나 헌것이 아니라 추억 속 서브컬처를 팔려고 합니다. 고가의 골동품보다 어릴 적 갖고 놀던 싸구려 장난감을 손에 넣었을 때 행복감을 더 느끼기도 하니까요. 간단히 말해 @원더의 주제는 20세기 기억 장치이며, 그 도구로 서브컬처를 선택한 셈입니다."

스즈키 대표가 말하는 서브컬처는 전통적이고 역사적인 장르가 아닌 좀 더 하위적이고 복합적인 장르를 가리킨다. 실제로 같은 영화를 다루더라도 전문점인 야구치서점과 분위기가 완전 다르다. 야구치서점이 고전이나 대중영화를 주로 다룬다면, @원더는 B급 감성이 묻어나는 SF 영화나 괴기 영화, 플래시맨 같은 특촬물까지 두루 취급한다. 책과 DVD를 비롯해 대본집, 포스터, 스틸사진, 티켓, 시사회 전단 등 영화에서 파생된 갖가지 상품을 선보인다. 문학 역시 순수소설보단 뭔가 외계인이 튀어나올 듯한 표

1　셰어형 서점인
　　네오서방@원더점 서가.
2　'영화 팸플릿은 우주다!'
　　책장.
3　대표 메뉴, 카레라이스.

지가 돋보이는 SF 소설이나 판타지 소설에 공을 들인다. 이 외에도 프로레슬링, 격투기, 게임 등 다른 곳에서는 보기 힘든 비주류 분야 책과 관련 아이템이 즐비하다.

어린 시절 추억을 생각하다 보면 물건이 하나둘 머릿속에 떠오른다. 억지로 끄집어내는 게 아니라 자연스레 그리워진다. 음악이나 영화도 마찬가지. 옛날 음악을 듣거나 영화를 보다 보면 그 시절 봤던 포스터나 사진이 자연스레 기억난다. 머릿속 저편 어딘가에 웅크리고 있던 감각이 되살아나는 순간을 위해 진보초를 드나드는 사람들, 그들의 오감을 자극하는 장치를 수북하게 쌓아둔 서점이 바로 @원더다. 몇 년 전부터 진보초에 @원더와 비슷한 콘셉트를 표방하는 서점이 종종 문을 연다. 아쉽게도 얼마 못 가 문을 닫는 곳이 적지 않다. 그만큼 진보초는 치열한 거리인데, 20여 년 전 생긴 @원더가 지금까지 꿋꿋이 제자리를 지켜오다니 놀라울 따름이다.

조금 가파른 계단을 따라 2층으로 올라가면 네오서방@원더점이 있다. 원래 북카페 20세기를 운영하던 공간인데, 2023년 4월 문화 비평가이자 작가인 기리도시 리사쿠切通理作 씨와 손잡고 셰어형 서점으로 재단장했다. 만화가나 소설가, 편집자 등이 책장을 빌려 자신만의 개성 넘치는 미니 서점을 꾸며냈다. 소설이나 만화뿐만 아니라 특촬물 관련 서적과 굿즈, 동인지나 피규어까지 골고루 갖춰 서브컬처 마니아라면 끓어오르는 구매욕을 참기 어려울지도. 책장은 총 155개로 월 임대료가 작은 책장은 3,300엔, 큰 책장은 4,400엔, 계약 기간은 3개월이다. 아울러 다달이 모니터와 스피커가 설치된 널찍한 공간을 활용해 토크쇼, 사진전, 독서회, 시나리오 강좌, 괴수 삽화전 등 이벤트가 열린다. 최대 50명까지 수용 가능해 음료와 간단한 식사를 하며 문화를 즐기는 복합 공간으로 만들어갈 예정이란다.

종이책에 대한 막중한 책임감

진보초 서점은 보통 가족 체제에서 축적된 운영 노하우가 강점인데, @원더는 직원과 함께 운영 방식을 구축한 것이 특징이다. 분야 담당자가 서가를 책임지고 꾸려가되 오랜 시간 근무한 직원은 물론 신입이라도 관심사와 취향을 바탕으로 새로운 장르를 제안하거나 도서 기획전 같은 이벤트를 진행하며 성장했다. 또 담당 직원을

1　@원더JG 전경.
2　20세기 기억 장치가 가득하다.
3　요괴만화 '게게게의 기타로' 등 쇼와시대 만화 포스터들.

@원더JG는 널따란 매장에 서가별로 다양한 책이 꽂혀 있다.

따로 둘 만큼 온라인 판매에 심혈을 기울였다. 그 덕에 코로나 팬데믹 때 대면 손님이 줄었음에도 일정 수준 매출을 유지했다.

"코로나 팬데믹 때 진보초를 찾는 사람이 반으로 줄었어요. 게다가 출판사나 디자인 회사 등 주변 출판 업계가 재택근무에 들어가는 바람에 그동안 상부상조하던 손님마저 오지 않았죠. 마냥 앉아서 손님을 기다릴 수는 없는 노릇이라, 온라인 판매에 한층 신경을 썼어요. 불안한 마음이 없지 않았지만, 뭐든 돌파구가 필요했기에 다 같이 힘을 내서 어려운 시기를 견뎠답니다. 어쨌든 도전이나 실험은 흥미로운 일이잖아요."

코로나 팬데믹이 끝나고 예전 활기를 되찾은 진보초, 스즈키 대표는 또 다른 도전에 나섰다. 2023년 2월, 본점에서 걸어 7분 거리에 종합 서점 성격을 띤 '@원더JG'란 분점을 낸 것. 120평이란 널찍한 매장에 서브컬처를 필두로 문학, 예술, 만화, 애니메이션, 게임 등 5만여 권의 책을 들여와 오픈 초기부터 화제가 됐다. 통유리로 된 출입문을 열고 들어가자마자 환한 조명이 맞이하는데, 이전 가게인 슬롯머신 전문점 때 쓰던 조명을 그대로 놔뒀다고.

서가는 크게 세 구역으로 나뉜다. 정면 중앙부에 줄지은 본점 초록색 간판과 색깔을 맞춘 책장에는 영화, 음악, 예술 외 분점에서만 취급하는 인문, 철학 관련 책이 꽂혀 있다. 안쪽으로 더 들어가면 문학과 문고 서가, 애니메이션과 만화 서가가 보인다. 본점보다 규모도 크고 책도 많아서 구경하느라 시간 가는 줄 모를 정도. 특히 애니메이션과 만화 서가에서 70~80년대 TV에서 방송된 지브리 작품 포스터와 마주할 적마다 추억 속 주제가가 귓가에 맴돌았다.

그런데 @원더는 5만 권에 달하는 책을 어떻게 모았을까. 스즈키 대표에 따르면 손님이 직접 찾아와 팔거나 다른 고서점에서 사거나 출장 매입으로 확보한다. 대량의 책은 대부분 출장 매입을 통해 들어오는데, 한번은 3만 권 넘는 장서 정리 의뢰가 들어와 가서 보니 3층짜리 건물에 계단까지 책이 층층이 쌓여 있더란다. 사실 장서 정리는 상태를 일일이 확인하고 살 것과 버릴 것으로 배분해 포장하는 데만 엄청난 시간이 들어가는 작업이다. 하지만 그 안에서 발견되는 자료 하나하나가 적절한 곳으로 가야 한다는 책임감에 소홀히 할 수 없다고. 특히 관공서나 연구 단체로 보내는 책은 더 세심하게 다루려고 애쓴다.

"얼마 전 구로사와 아키라 감독 관련 자료가 대거 들어왔어요. 직원 중 한 명이 구로사와아키라연구소 회원인데, 그 직원을 통해 다른 회원이 자신의 소장품을 상자에 꽉 꽉 담아 보내줬죠. 50개 되는 상자를 차례차례 뜯어 살펴보니 심상찮더군요. 죄다 구로사와 감독의 알려지기 전 활동을 뒷받침하는 구하기 힘든 1급 자료라, 더 많은 사람이 볼 수 있도록 교바시에 있는 국립영화아카이브에 보내야 하나 고민했어요. 그중 일부로 @원더JG를 오픈할 때 구로사와 아키라 전시회를 열기도 했답니다."

고서점 주인이라면 손에 들어온 귀중한 자료를 일단 매장에 내놓고 판매하고픈 욕심이 앞설 텐데, 문화적 및 역사적 가치를 고려해 개인이 아닌 공공이 소유하는 쪽을 고민해보다니. 손님으로부터 받은 감동을 다수와 공유하려는 스즈키 대표의 마음가짐이 남다르게 느껴진다. 잘

나가는 것을 좇기보단 자신만의 무기 찾기가 더 중요함을 다시금 일깨워준 @원더가 앞으로 써 내려갈 무한한 이야기가 기대된다.

@원더@ワンダー

주소: 東京都千代田区神田神保町2-5-4 開拓社ビル1F
영업시간: 11시~19시(월-토), 11시~18시(공휴일)
홈페이지: atwonder.blog111.fc2.com
SNS: twitter.com/atwonder

네오서방@원더점ネオ書房@ワンダー

주소: 東京都千代田区神田神保町2-5-4 開拓社ビル2F
영업시간: 11시~19시(화-토), 11시~18시(공휴일)
홈페이지: jimbo20seiki.wixsite.com/jimbocho20c
SNS: twitter.com/20th_jinbocho

@원더JG@ワンダーJG

주소: 東京都千代田区神田神保町1-4-5 日商第一ビル1F
영업시간: 11시~20시(월-토), 11시~19시(공휴일)

K문학을 전파하는 책거리Chekccori

유서 깊은 진보초 고서점 거리에서 한국 문학 전문점으로 당당히 한자리를 차지한 북카페 책거리. 들어서자마자 벽면에 쭉 늘어선 한글이 적힌 그림책이 반가운 것도 잠시 안쪽 책장에 가지런히 꽂힌 한국어 원서와 일본어판 책이 감탄을 자아낸다. 책거리를 운영하는 김승복 대표는 한국 작가 작품을 일본어로 번역해 자신이 운영하는 '쿠온'에서 출간하는 한편 한국 작품을 일본 대형 출판사에 소개하는 일을 병행한다. 지금껏 쿠온에서 펴낸 대표작으로는 박경리의 『토지』, 한강의 『채식주의자』 등이 있다. 2015년 문을 연 이후 도서 판매뿐만 아니라 크고 작은 행사를 개최해 현지 독자에게 K문학을 소개하며 한일 출판인의 교류 공간으로 톡톡히 한몫하는 중이다.

주소: 東京都千代田区神田神保町1-7-3 三光堂ビル 3 F
영업시간: 12시~20시(화~금), 11시~19시(토)
홈페이지: chekccori.tokyo
SNS: twitter.com/chekccori

진보초 유일의 이공계 전문점

메이린칸서점

明倫館書店

어린 시절, 누가 장래 희망을 물으면 도시에 가서 드라마 작가나 연출가가 되고 싶다고 답했다. 책을 즐겨 읽으며 늘 이야기를 만드는 직업을 동경했다. 하지만 어른들은 작가는 밥 벌어먹기 고달픈 직업이니 문과보다 이과에 가라고 조언했다. 이과가 밥 잘 먹여주는 좋은 직업의 시작이라나? 그래서 고등학교 2학년에 올라가면서 문과와 이과 어느 쪽을 선택해야 할지 진지하게 고민했다. 인생의 큰 방향을 결정하는 중요한 갈림길에서 꿈을 좇자니 미래가 막연하고 현실을 좇자니 수학 성적이 나빴다. 망설이던 차, 다행히 학부제가 시행되어 인문·자연 계열 간 교차 지원이 가능해져 고민에서 해방됐다.

돌이켜보면 나는 문과형 인간이었다. 숫자보다 글자가 좋았고 이야기가 엮어내는 서사에 끌렸다. 도서관이나 서점에 가서도 으레 문학이나 예술 코너 앞에서 발길을 멈추고 한참 동안 책장을 뒤적거렸다. 그런 철저한 문과형 인간인 탓에 이공계 전문 서점인 메이린칸서점은 선뜻 다가가기 어려운 존재였다. 외계어 같은 난해한 수식이나 학술어를 상상하면 숨이 턱 막혀와 쉬이 가게 문턱을 넘지 못했다.

1 하얀 외벽이 눈에 띄는 메이린칸
  서점 전경.
2 잇세이도서점과 나란히 자리한다.

물론 호기심은 충만했다. 문학부터 철학, 역사, 건축, 예술, 서브컬처까지 별의별 서점이 자리한 진보초에서도 보기 드문 곳이니. 그나마 몇 개 있던 이공계 서점이 차례차례 문을 닫으면서 이제는 거의 유일한 이공계 전문 서점이나 다름없었다. 대중성이 약한 자연과학 서적을 취급하며 예나 지금이나 크게 달라지지 않은 채 한자리를 지켜온 고서점을 그냥 지나칠 순 없는 노릇 아닌가. 결국 몇 번의 시도 끝에 도전 정신을 100% 발휘해 미지의 세계에 첫발을 디뎠다.

백색 대리석 타일과 은색 파사드 간판이 세련되면서 현대적인 느낌을 풍겼지만, 막상 안으로 들어가자 진보초 고서점답게 수많은 빛바랜 서적이 반갑게 맞이했다. 천장에 닿을 만큼 높은 책장마다 꺼내 펼치면 먼지가 폴폴 날릴 듯한 헌책이 빽빽이 들어찬 데다 책장과 책장 사이 바닥에도 방금 입고된 양 노끈으로 단단하게 묶인 책 꾸러미가 수북했다. 심지어 계산대 주변과 지하 1층으로 내려가는 계단 옆에도 책 더미가 놓여 있었다. 얼핏 무질서하고 산만해 보여도 한 권 한 권 구경하다 보니 나름대로 규칙에 따라 분야별로 가지런히 정리된 게 느껴졌다. 야

1 안쪽에서 바라다보이는 1층 매장 전경,
　서가마다 수학, 물리 등 분야 표지판이 달려 있다.
2 쇼와시대 화학 기초서는 가격이 제법 나간다.
3 책장은 물론 곳곳에 책이 쌓여 있다.

스쿠니 거리에 있는 다른 대형 서점과 달리 매장 규모가 조금 작은 편으로, 지하 1층에는 공학과 의학 관련서, 1층에는 이학계 관련서를 팔았다.

메이린칸서점은 1941년 1대 히라오 유키토요平尾幸豊 대표가 기존에 있던 서점을 이어받아 시작했다. 메이린칸 하면 에도시대 조슈번(현 야마구치현)에 세워진 무사 자제를 위한 공립 교육기관을 떠올리는 이도 있겠지만, 아무 관계가 없다는 것이 지금 서점을 운영하는 3대 히라오 고이치로平尾浩一郎 대표의 설명. 할아버지 때부터 수학과 물리학을 중심으로 자연과학에 집중했고, 점차 범위를 넓혀 공학과 의학에까지 손을 뻗었다. 그 결과 수학, 물리학, 화학, 생물학, 지구과학, 공학, 농학, 의학을 망라하는 명실공히 진보초 최고의 이공계 전문 서점으로 자리매김했다.

동식물 하면 도리우미서방, 고지도 하면 신센도서점처럼 진보초 고서점이 대형 서점에 맞서는 전략으로 세분화를 선택하는 추세와는 다른 길을 걸어온 셈이다. 다만 책장 구성은 시대 변화에 맞춰 바꿔왔다. 이를테면 경제 성장기에는 중화학공업을 지탱하는 화학 분야 서적, 디지털 시대에는 전기공학과 전자공학 서적에 공을 들였다.

외길을 걸어온 3대의 뚝심

고이치로 대표는 25년 전 2대인 아버지를 도우며 자연스레 서점 일을 접했다. 어릴 적부터 하루 종일 책에 둘러싸여 시간을 보냈고, 바쁜 주말이나 특별한 행사가 열리는 날에는 작으나마 일손을 보탰다. 그 영향을 받아 대학에서 이과 계열을 전공했는지 물었더니, 문과 계열이었단다. 할아버지도 아버지도 모두 문과였다고 덧붙였다.

"할아버지는 전공서도 많이 읽고 외국어도 능통하셔서 종종 해외에 나가 국내에서 구하기 어려운 원서를 사 갖고 오셨대요. 그에 비해 저는 관련 지식이 거의 없다시피 하니 맨땅에 헤딩하는 심정으로 제목이나 저자 소개, 차례나 머리글을 하나하나 읽으며 머릿속에 지식을 쌓았어요. 다행히 학술서나 전공서는 소재는 달라도 형식이나 흐름은 비슷하거든요. 전체 내용을 속속들이 알지는 못해도 대충 어떤 책인지는 구분해야 고객의 요구에 제대로 응할 수 있지 않겠어요? 서점주라면, 장사꾼이라면 마땅히 해야 할 노력입니다."

카오스란 말이 너무나도 잘 어울리는 지하 1층 매장,
내려가는 순간부터 수많은 책이 내뿜는 압박감이 느껴진다.

서점을 운영한다고 해서 모든 책을 처음부터 끝까지 읽을 수는 없다. 하지만 매대에 놓인 책은 상품이나 마찬가지니 어느 정도 이해는 하고 있어야 한다. 판매원이 제품 설명서를 숙지한 뒤 가전을 파는 것처럼 학자까지는 못 되더라도 예비 학자 정도로 그 분야 지식을 습득하는 게 당연하다는 고이치로 대표의 말에 동감한다. 상품이니 장사니 말은 하면서도 진보초에서 고서점을 오랫동안 운영한 자부심과 함께 의무감이 드러나는 대목이다.

　고서점에 책이 들어오는 경로는 이렇다. 고객이 신간을 산다, 읽는다, 얼마 있다 되판다. 최신 서적이 아닌 출간된 지 2년에서 3년 정도 지난 책이 대부분으로, 전공서의 경우 주기적으로 필요한 고객이 생기니 기본 매출이 보장된다. 그사이 점점 새로운 학문이 생겨나는데, 이때 학문의 취사선택이 중요하다. 예전에 잘나가던 책이 이제는 안 팔릴지도 모르기에 안목과 감각을 꾸준히 갈고닦아야 한다. 이른바 고서점의 장사 비법이랄까.

　메이린칸서점이 2대 때부터 이공계 전문 잡지 취급을 그만둔 이유도 비슷하다. 고이치로 대표에 따르면, '일본은 전문지의 천국'이란 말도 이제 옛말이 된 지 오래. 문학이나 영화 같은 대중문화 잡지는 여전히 다수 발간되는 반면 이공계 전문 잡지는 그렇지 않단다. 건축이나 디자인 잡지가 나름대로 분발하곤 있지만 자연과학이나 의학 잡지는 손에 꼽을 정도로 줄어드는 상황이다. 1990년대 후반부터 전문가와 연구자용 학술 잡지의 디지털화가 이루어진 탓이다. 회원제로 운영되는 전용 웹사이트에 학회나 연구소가 직접 최신 논문을 투고하면 자기 방에서 곧장 인터넷으로 볼 수 있다고. 새로운 학문일수록 최신 정보나 트렌드에 민감한데, '재빠른 정보 전달'이란 점에서 패배한 셈이다.

대중문화 잡지는 창간호부터 백넘버를 맞춰 차곡차곡 모으면 역사 전집 세트가 완성되니 시대별 문화 사조와 유명 작품이 담긴 귀중한 자료로써 여전히 구하려는 사람이 많건만, 이공계의 중요성이 점점 부각되는 가운데 이공계 종이 잡지가 점점 사라지다니 안타깝기 그지없다.

대신 단행본을 더 폭넓게 다루기 위해 애쓴다. 유행을 타는 건축서보다 시간이 지나도 내용 변화가 거의 없는 수학, 물리, 화학 등은 오래된 기본서일수록 가치를 인정받고 잘 팔린다. 메이지시대에 출간된 수학책, 1935년 전후 출간된 화학책. 그래봤자 문학서에 비하면 턱없이 역사가 짧아서 비싸지는 않다. 보통 1,000엔에서 3,000엔 사이에서 가격이 책정된다. 학술서나 전공서뿐만 아니라 대중서에 가까운 교양서도 다수 갖춰 자연과학에 관심 있는 일반인도 지루하지 않게 시간을 보낼 수 있다.

또 일본서에 비해 그나마 역사가 긴 양서는 되도록 다양하게 들여놓는 편이다. 그중 수학과 물리 영문판은 외국 손님에게 인기가 많고, 동양의학과 화산 관련 서적은 중국 손님이 자주 찾는다고. 특히 중국 손님 비중이 늘면서 연구소에서 일하는 연구자가 직접 와서 구매하거나 인터넷으로 주문하기도 한다. 기초를 다루는 건축 양서 역시 제법 잘나가는 효자 상품이다.

하지만 아쉽게도 개업 초기부터 단골이던 대학생 손님은 부쩍 줄었다. 매출에서 큰 부분을 차지하는 대학 전공서 역시 판매 실적이 떨어졌다. 이공계 대학생이 감소한 데다 그들은 종이책보다 전자책을 선호하며 전공서를 구입할 때는 대부분 학교 내 서점을 이용하기 때문이란다. 대학이 밀집해 있어 학생 거리라 불리던 진보초에서 대학생 손님이 자취를 감추고 책을 사지 않는 현실이 씁쓸한지, 고이치로 대표의 얼굴이 한순간 어두워졌다.

"고서 판매라는 직업은 특수성이 있어요. 신간을 취급하는 서점과 운영 방식도 다르고요. 재미와 보람을 동시에 느끼는 흔치 않은 일이죠. 하지만 요즘 책을 읽지 않는 경향이 강해지다 보니 사실 언제까지 고서점을 운영할 수 있을지, 의문이 들긴 해요. 답답한 마음을 달래고자 인생 선배이자 직장 선배인 아버지와 자주 이야기를 나누는데, 그때마다 결론은 진보초 고서점 거리에 이공계 전문 서점이 하나쯤은 남아 있어야 한다는 것이에요. 결코 쉽지 않은 길이겠지만, 80년 넘게 버텨온 노포의 생명력으로 어떻게든 끈질기게 헤쳐 나갈 작정입니다."

집에 돌아와 자료를 찾아봤다. 문부성에 따르면 2022년 12월 기준 일본 대학의 입학생 중 이학 및 공학부 입학 비율이 17%, 농학·의학·치의학·보건을 합친 이과 분야 학위 취득자는 35% 정도, 다만 해외 비중이 영국 45%, 미국 38%, 한국 42%를 차지했다. 일본 젊은이가 이 정도로 이공계를 기피하고 있다는 사실에 놀랐다. 일본 정부가 앞으로 5년에서 10년 사이 이공계 비율을 50%로 올리기 위해 노력한다고 하던데, 과연 메이린칸서점에 대학생이 북적거리는 날이 다시 올지 궁금해졌다.

책장 구석구석에서 보물찾기

메이린칸서점을 처음 방문했을 때, 출입문 양쪽에 설치된 큼지막한 책수레가 시선을 사로잡았다. 그 아래 길바닥에는 고서가 한가득 담긴 나무 상자가 늘어서 있었다. 책수레 가장 위에 놓인 책 한 권을 무심코 펼쳤더니 도통 무슨 말인지 모를 어려운 기호와 수식이 촘촘히 인쇄된 페이지가 모습을 드러냈다. 더럭 겁이 났다. 하드커버로 제본된 두껍고 커다란 판형도 거부감이 드는데, 한 페이지 안에 설명하는 글자는 몇 자 없고 온갖 기호와 숫자로만 채워져 있다니. 고등학생 때 수학이나 과학 수업에서 간단히 배웠을 법한 내용의 연장선일 테지만 너무 어렵게 쓰여 낯설고 딱딱하게만 느껴졌다.

인터뷰를 마치고 가게 안 책장에 꽂힌 책을 찬찬히 둘러보는데 쉽고 재미있게 쓰인 수학책과 과학책이 제법 보였다. 일본 과학 대중화에 크게 기여했다고 평가받는 고

1 맑은 날이면 책수레는 으레 진보초 거리에 늘어선다.
2 책수레에 놓인 책은 그 서점의 성격을 드러낸다.

1
2

단샤의 과학 시리즈 '블루백스ブルーバックス'는 수십 권이 전집처럼 한데 모여 있어 구매욕을 한껏 자극했다. 저명한 과학자뿐만 아니라 젊고 유망한 신세대 과학도까지 집필자로 참여해 과학 전반에 걸친 다양한 주제를 단색 삽화와 함께 친절하게 풀어내서 아이부터 어른까지 부담 없이 읽을 만한 문고였다. 나와 달리 이과형 인간인 딸에게 사다 주고 싶단 생각이 들었다. '블루백스' 시리즈는 한국에서도 유명한데, 김상욱 교수가 고등학교 때 읽고 물리학을 연구하기로 마음먹었다는 가다야마 야스히사 교수의 『양자역학의 세계』를 비롯해 100권 넘게 출간됐다니 한번 시도해보길.

겉으로 보기에 어렵고 딱딱해 머뭇거리며 들어왔지만, 조용한 분위기에서 차분히 한 권을 빼서 읽다 보니 어느새 신비롭고 기발한 자연과학 세계에 빠져들어 시간 가는 줄 몰랐다. 다른 책은 뭐가 또 있을까. 조금씩 자리를 옮기며 책장에 꽂힌 책을 탐닉했다. 동식물 생태를 생생한 사진과 함께 알려주는 생물도감, 위대한 발견에 얽힌 숨겨진 일화를 통해 호기심을 불러일으키는 화학책, 복잡한 수식을 풀지 않고도 철학적으로 수학 개념을 이해

시키는 이론서 등등. 보물찾기 하듯 책장 구석구석에 숨겨진 흥미로운 책을 찾아내는 재미가 쏠쏠했다. 특히 날마다 새로운 고서가 추가되는 균일가 매대는 그야말로 보물 창고나 마찬가지. 서점 입장에서는 재고 정리를, 손님 입장에서는 싼값에 원하는 책을 손에 넣을 기회라 주말마다 사람들로 북적거린다고. 분야에 상관없이 책수레와 나무 상자에 담겨 '1권 100엔' 또는 '1권 200엔'이라며 자신을 어필하는 귀여운 존재에 장서가라면 지갑을 열지 않고는 못 배기리라.

"할아버지에게서 손님이 최대한 집중해서 책을 읽을 수 있도록 일정한 거리를 둬야 한다는 접객 자세를 배웠어요. 아니, 나도 모르게 몸에 배었다고 하는 게 맞겠네요. 그래서 손님이 뭔가 묻기 전에는 절대 먼저 말을 걸지 않습니다. 책을 정리하거나 다른 업무를 볼 때도 수선스럽지 않게 조용조용 하려고 애써요. 하지만 친한 손님이 오시면 조금 수다를 떨게 되긴 해요. 대학생 때부터 들르는, 지금은 교수나 학자가 되신 단골하고는 이야기도 자주 나누고 정보도 주고받아요. 수학자인 우에노 겐지 교수가 찾아

1 손님들은 '월리를 찾아라'처럼 비슷하게 생긴 책 사이에서
  자신만의 보물을 찾느라 여념이 없다.
2 책등에 청량한 하늘색 로고가 박힌 블루백스 시리즈,
  1963년 첫 출간된 이후 약 2,240권이 세상에 나왔다.
3 쇼윈도 앞 균일가 책이 담긴 나무 상자들.

오는 날이면 대화하느라 바쁘죠."

미세한 소음 하나 들리지 않는 공간에서 오롯이 책과 마주하는 시간, 진보초 고서점이 오랫동안 대물림한 문화다. "어떤 책을 찾으시나요?" 같은 질문을 손님에게 던지지 않는다. 그저 문을 열고 들어오면 가벼운 인사를 건네고, 책장 위아래를 훑어도 원하는 책이 없는지 제목을 대며 있냐고 물으면 그제야 대답하고, 신중히 고른 책을 들고 계산대로 오면 미소를 띤 채 계산해줄 뿐이다.

2만 권이나 되는 책을 뒤로 하고 밖으로 나왔다. 투명한 유리문 너머로 책장에 달라붙어 진지한 얼굴로 두꺼운 책을 열심히 들여다보는 손님들이 보였다. 나이 지긋한 백발노인, 양복을 차려입은 중년 회사원, 커다란 배낭을 등에 짊어진 청년…… 이상야릇한 감동이 몰려왔다. 길가 균일가 매대에도 몇몇 사람이 자신이 찾는 분야 책이 있는지 이것저것 들춰보느라 정신이 없었다. 남녀노소 할 것 없이 다들 열중한 모습이 아름다웠다. 수식과 기호와 글자로 가득한 저 세상에는 감히 상상조차 하지 못할 과학의 향연이 펼쳐지고 있겠지. 문과적 사고와 이과적 사고를 이분법적으로 나누지 않고 통합적 사고를 중시하는 이 시대에 메이린칸서점은 어떤 미래를 그려갈까. 80년을 넘어 100년, 200년 넘게 한결같이 진보초를 지키기를 응원해본다.

히라오 고이치로 대표

메이린칸서점明倫館書店
주소: 東京都千代田区神田神保町1-9
영업시간: 10시 30분~18시(월-화, 목-토)
홈페이지: meirinkanshoten.com
SNS: twitter.com/meirinkanbooks

명화를 즐기려면 진보초시어터神保町シアター로!

2007년 문을 연 진보초시어터는 일반 미니 시어터와 달리 독립 영화나 예술 영화뿐만 아니라 과거 향수를 자극하는 고전 영화를 주로 상영한다. 명화를 TV가 아닌 큰 스크린에서 보고 싶은 관객, 특정 감독이나 배우 팬을 위한 갖가지 기획전을 진행해 잔잔한 돌풍을 일으키는 중. 의자에 컵걸이 대신 접이식 미니 테이블이 달려 영화 상영 전 테이블을 펼쳐 책을 읽거나 글을 쓰며 시간을 보내기에 좋다. 게다가 2층에는 요시모토만자이극장よしもと漫才劇場이 자리해 요시모토흥업 소속 개그맨들이 펼치는 폭소 넘치는 공연을 즐길 수 있다.

만자이는 두 사람 또는 세 사람이 재밌는 대사와 몸짓을 주고받으며 웃음을 선사하는 전통 예능, 에도시대부터 쇼와시대에 걸쳐 오사카와 교토를 중심으로 발전한 결과 지금도 높은 인기를 자랑한다.

주소: 東京都千代田区神田神保町1-23
홈페이지: shogakukan.co.jp/jinbocho-theater

120년 역사를 고스란히 품은

잇세이도서점

一誠堂書店

진보초 메인 도로답게 야스쿠니 거리에는 대형 고서점이 저마다 당당한 자태를 뽐낸다. 스즈란 거리와 달리 매장 규모도 크고 취급하는 책 종류도 다양하다. 그래서인지 걷다 보면 진보초 고서점의 오랜 전통과 품격이 자연스레 느껴진다. 건물 자체만으로도 가치가 어마어마한 잇세이도서점 역시 그렇다.

잇세이도서점을 처음 찾아갔을 때가 생각난다. 빛바랜 외벽부터 스테인드글라스로 꾸민 출입구, 손때 묻은 목제 책장, 1층 바닥에 깔린 대리석 타일, 2층으로 올라가는 금색 계단 난간까지 세월의 흔적이 고스란히 드러났다. 밖에서 유리문 너머로 보이는 내부는 불쑥 들어가기 망설여질 정도로 엄숙하고 묵직했다. 그 분위기에 압도당해 차마 인터뷰 요청을 하지 못한 채 입구에서 서성이다가 세 번이나 그냥 발길을 돌리기도 했다.

120년 된 노포라니! 과연 그 시작은 어떤 모습이었을까. 도쿄도서점에서 일하던 1대 대표인 사카이 우키치酒井宇吉는 1903년 고향인 니가타현 나가오카시에 책 대여와 문구를 파는 '사카이서점酒井書店'을 열었다. 3년 후 1906년에 간다 사쿠라초로 이전해 고서점을 운영하다가 1913

1 역사적 가치가 높은 서점 건물.
2 금색 글자가 박힌 유리 간판.
3 고색창연한 잇세이도서점 전경.

년 '잇세이도－誠堂'로 이름을 바꾸고 지금 위치에 자리 잡았다. 잇세이도란 『군인칙유』에 나오는 문장 "하나의 성심誠心이야말로 소중히 하라"에서 따왔는데, 『군인칙유』는 1882년 발행된 일왕이 군인에게 내리는 군인 정신을 담은 칙령이라고. 하지만 그해 2월 진보초에 큰불이 나면서 고난이 닥쳤다. 파란만장한 일대기의 첫 장이 펼쳐지는 순간이었다.

화재 이후 고등학교 교사였던 이와나미 시게오가 연고서점(훗날 이와나미서점이 되는)을 필두로 잇세이도서점, 야구치서점 등이 바지런히 애쓴 결과 고서점 거리는 조금씩 활기를 되찾았다. 그렇게 재건에 성공하는 듯했으나, 더 모진 시련이 기다리고 있었다. 1923년 간토대지진이 발생한 것. 또다시 진보초의 서점과 출판사 대부분이 불에 타서 일대는 그야말로 잿더미가 됐다. 우키치 대표는 좌절하지 않고 길가에 노점을 열었다. 다른 고서점도 하나둘 동참했다. 지진 피해를 입은 건 주변 대학과 도서관도 마찬가지였다. 학교 건물이 불타고 무너지는 와중에 전문 서적과 연구 자료가 모조리 사라진 상태였다. 교과서조차 구하기 힘들었다. 그래서 많은 사람이 고서점에서 헌책을 사거나 출판사에 인쇄를 요청했다. 진보초에 불어닥친 불황이 새로운 호황으로 바뀌고 있었다.

잇세이도서점은 누구보다 빠르게 고서를 구해 판매했고 인쇄업까지 손을 댔다. 당시 일본에는 중국인을 비롯해 외국인 유학생이 많았다. 더구나 스즈란 거리와 사쿠라 거리에는 차이나타운이 있었기에 중국인 유학생으로 북적거렸다. 새 책 살 여유가 없는 유학생들은 헌책을 사러 자주 찾아왔다. 원래 책 수집광이던 우키치 대표가 다른 고서점에서 보기 힘든 희귀 도서를 발품 팔아 모은 덕에 '고서적 전문점'이란 타이틀을 얻으며 점점 명성을 쌓았다.

"저도 아버지께 들었는데, 대화재와 간토대지진 이후 진보초 서점은 정말 힘든 시기를 보냈대요. 집도 서점도 책도 전부 불타 일시에 잿더미가 됐으니까요. 그래도 마음을 굳게 먹고 노점을 하며 버텼다고 합니다. 다시 어엿한 가게를 차리려면 돈이 필요한데, 은행에서 빌리자니 엄청난 이자를 감당할 수가 없었겠죠. 게다가 생긴 지 얼마 안 된 서점에게는 잘 빌려주지도 않았을 거고요. 그래서 할아버지는 길가에 천막을 치고 널빤지를 가판대 삼아 장사를 하는 한편 책을 구하러 전국을 돌아다녔다고 해요. 다행히 고향인 나가오카는 지진 피해를 입지 않아 그쪽 출판사나 인쇄소한테 도움을 많이 받았다고 합니다."

화재와 지진을 겪어낸 시간

할아버지와 아버지에 이어 3대째 서점을 지키는 사카이 다케히코酒井健彦 대표의 설명이다. 진보초가 변화하고 발전하는 과정에는 메이지시대 이루어진 잇따른 대학 설립과 두 번의 자연재해, 1913년 화재와 1923년 간토대지진이 큰 대목을 차지한다. 어찌 보면 잇세이도서점은 진보초의 역사와 궤를 같이해온 셈이다. 좀 더 자세하게 알고 싶다면 가시마 시게루 교수의 『간다 진보초의 서사가고』와 과거 지도까지 생생하게 실린 『고서점 100년 잇세이도서점』을 참고하길 바란다.

잇세이도서점 하면 목록집도 빼놓을 수 없다. 지금이야 어느 고서점이든 새로 들여온 고서나 보유 서적을 홍보하기 위해 목록집을 펴내지만, 『잇세이도 고서 목록』은 특별하다. 1925년부터 발행된 만큼 시대별로 판매한 고서가 빠짐없이 기록됐기에 귀중한 역사 자료나 다름없다.

종이책은 물론 디지털화해 인터넷에서도 확인 가능하다.

간토대지진 이후 몇 년을 고생하며 돈을 모은 우키치 대표는 1931년 10월, 꿈에 그리던 새 건물을 완공했다. 일반적인 목조가 아닌 그때는 드물었던 철근콘크리트 구조였다. 예로부터 일본은 지형상 지진과 해일 등 자연재해를 자주 겪었기에 유동성이 있어 지진파에 강한 목조 건물을 선호했다. 하지만 대화재와 대지진에는 속수무책으로 불타고 무너졌다. 그는 화재와 지진으로 인한 피해가 컸던 이유가 목조 건물 탓이었다고 판단하고 내구성이 강한 철근콘크리트를 선택했다.

건축자재는 물론 만듦새에도 상당히 공을 들인 티가 났다. 석재와 타일을 붙인 외벽에 진녹색 철제 창문을 달고 커다란 유리문 위쪽에 알록달록 스테인드글라스를 넣어 포인트를 줬다. 또 건축사가 아이디어를 내서 콘크리트 사이사이 일본식 전통 문형을 철제로 박았는데, 돌 따위가 떨어지지 않게 고정하는 걸쇠 역할을 한단다.

지하 1층, 지상 4층 규모로 1층과 2층은 서점, 3층과 4층은 가족들과 직원들이 생활하는 공간으로 사용했다. 3대 다케히코 대표가 서점을 맡은 뒤 한동안 거주하다가 오차

1 표지에 서점 건물이 그려진
　『잇세이도 고서 목록』.
2 진녹색 철제 창문과
　외벽 장식이 독특하다.

1
2

노미즈로 이사한 뒤에는 생활 공간은 작업실 겸 창고 대용으로 쓰고 있다고. 당시 고서 업계에서 가장 높은 건물이었던지라 『주부의 친구』, 『실업지일본』 같은 잡지에 소개되기도 했다. 한눈에 봐도 멋진 아흔 살을 훌쩍 넘긴 건물은 오랜 세월 동안 눈비와 바람을 맞으며 한층 고풍스러워져서 지나가는 사람들의 눈길을 사로잡는다. 또 어찌나 튼튼한지, 지난 동일본대지진이 일어났을 때 도쿄의 많은 건물이 벽에 금이 가고 기울어졌지만 잇세이도서점은 약간 보수 공사만 하고 넘어갔을 정도다.

금색으로 서점명이 찍힌 유리문을 열고 내부로 들어서면 다시 한번 감탄을 금치 못한다. 수많은 고서가 분야별로 천장에 닿을 듯한 키 높은 책장마다 빼곡히 꽂혀 있다. 잇세이도서점은 일반 서적을 비롯해 문학, 역사, 사회, 정치, 종교, 불교, 미술 서적 등을 폭넓게 다룬다. 최근에는 영화, 연극 서적도 취급해 일본은 물론 한국, 중국 등지에서 찾아오는 젊은 고객이 늘고 있는 추세라고.

벽에 딱 붙은 책장 중간중간 그보다 낮은 매대가 놓인 통로 같은 공간을 지나 안으로 더 걸어가면 계산대와 제법 값이 나가는 희귀 도서를 보관하는 유리 진열장이 보인다. 그 옆에서 연세 지긋한 남자 직원 몇 명이 고서를 포장하거나 관리한다. 계산대 오른쪽 매대에는 연극서, 그중 일본 전통 예능인 노, 인형 조루리, 분라쿠, 가부키, 라쿠고 관련 책과 역사서가 수북하다.

계산대 왼쪽에는 2층으로 올라가는 계단이 있다. 갈색 대리석 바닥과 잘 어울리는 짙은 황토색 유럽식 계단인데, 금색 난간과 빈지티한 아르데코 조명이 한 발 한 발 옮길 때마다 상상력을 자극한다. 2층 서가는 1층과 분위기가 사뭇 다르다. 책장에는 일본 고서가 아닌 서양 서적이 가득하고, 바닥은 대리석이 아닌 기하학적 무늬가 돋보이는 목제 타일이다. 천장도 조금 낮아 좀 더 따스한 느낌을 준다. 서양 서적은 1대부터 계속 취급하던 분야인데다 하버드대학, 브리티시대학 같은 해외 도서관과 정보를 공유하기도 해서 다른 서점에 비해 희귀 도서를 다수 보유 중이다.

"서점을 맡았을 때부터 지금껏 할아버지나 아버지에게 배운 대로 하고 있어요. 처음부터 학자나 연구자처럼 책을 읽거나 연구하기보단 가게에 되도록 오래 머물며 자연스

2층으로 올라가는 계단 위에서 바라본 1층 매장 전경,
난간에 올려진 따스한 원형 조명이 멋스럽다.

럽게 책과 가까워지려고 애썼죠. 주로 인문학, 좀 더 구체적으로 말하면 언어, 문학, 역사, 철학을 다루다 보니 다양한 책을 접하게 되더군요. 그렇게 조금씩 공부했어요. 게다가 고서는 파고들면 파고들수록 아무래도 중국과 이어지기 마련이라, 어느덧 중국서까지 다루게 됐죠. 차츰차츰 범위가 넓어져 이제는 동양사, 중국사, 한국사까지 눈여겨봅니다. 특히 중국 송나라 때 출판된 책은 개인적으로 매우 관심이 크답니다."

30년 전부터 서점 일을 한 다케히코 대표는 고서적과 희귀 도서를 보는 안목이 탁월하다. 『겐지 이야기』 같은 오래되고 귀한 자료를 발견해 기사화되거나 고서적 시장에서 구매한 가마쿠라시대 그림이 미술사적 가치를 인정받아 나중에 중요문화재로 지정되기도 했다. 2013년에는 중국 남송의 22권짜리 『당인절구』가 5천만 엔에 팔려 화제였다. 학창 시절에 중국 고서를 조사한 경험이 몸에 배어 큰 도움이 됐다고 한다. 다케히코 대표는 인자한 할아버지처럼 서점 이야기나 고서 관련 에피소드를 찬찬히 들려줬다. 문자였다면 그냥 흘려 넘겼을 단어와 어려운 내용이 귀에 쏙쏙 들어왔다. 절로 감탄이 나왔다. 신나서 중국 고서 이야기를 술술 풀어놓을 때는 나도 덩달아 즐거워지는 기분이었다.

"고서 가운데 기리시탄판キリシタン版이란 게 있어요. 16세기에서 17세기에 걸쳐 일본에서 선교 활동을 하던 예수회 선교사 단체가 출판한 서적을 총칭하죠. 일본어, 라틴어 등 여러 언어로 쓰여 있을 뿐만 아니라 유럽에서 공수한 인쇄기로 찍었다는 점에서 사료적 가치가 큰데, 무척 귀해요. 에도 막부 때 가톨릭을 박해하면서 보이는 족족 태워버렸거든요. 그런 희귀본이 제 손에 들어오다니 신기할 따름이었죠."

정장 유니폼을 차려입은 서점 직원의 품격

희귀 고서는 개인적으로 손님이 연락을 하거나 직접 갖고 찾아온다. 어느 고서점이든 마찬가지겠지만, 손님으로부터 희귀 도서 감정을 의뢰받는다는 것은 꽤 기쁜 일이다. 그만큼 잇세이도서점을 신뢰한다는 뜻이라서다. 잇세이도서점의 첫인상은 앞서 말했듯 너무 엄숙하고 묵직했다. 어딘가 직원들 표정이 딱딱해 보였다. 남색 정장 유니폼을 입은 남성 직원은 대부분 어느 정도 연배가 있어 깐깐한 학자나 교수 같았다. 그래서 들어오기가 망설여졌고 쉬이 인터뷰 요청을 하지 못했다.

하지만 인상과 달리 다들 친절했다. 역시 정장이 문제야, 문제! 다른 서점은 보통 앞치마를 두르거나 간편한 작업복을 입는데, 잇세이도서점은 1대 때부터 정장 유니폼을 고수했다. 17명 되는 직원 모두가 남색 정장 유니폼을 입고 가게를 돌아다닌다. 그래서 다소 딱딱하게 느껴졌나 보다. 다케히코 대표에게 처음에 엄숙한 분위기 때문에 말 걸기 어려웠다고 하자 "좋은 분들인데 미안하게 됐네" 하며 웃으셨다.

잇세이도서점 간판, 2층 내부와 대표실 벽면에는 '一誠堂'가 붓글씨체로 적혀 있다. 간판은 70년쯤 전에 일본 저널리스트 도쿠토미 소호가 쓴 글씨고, 2층과 대표실 벽면에 걸린 족자는 시인이자 미술사가인 아이즈 야이치가 쓴 글씨다. 서점에서 제일가는 보물이니 사진을 꼭 찍으라고 거듭 강조하는 다케히코 대표의 얼굴에는 웃음꽃이 피어났다.

"예전에는 작가나 대학교수, 학자, 도서관 사서들이 자주 들렀어요. 필요한 자료를 찾으러 오기도 했지만, 놀러도 오셨죠. 마쓰모토 세이초(일본 사회파 추리소설의 아버지라 불린다) 작가는 점장과 담배 피우면서 담소를 나누다가 이런저런 자료를 사서 돌아가셨죠. 만약에 찾는 책이 없으면 급히 찾아봐달라고 주문서를 넣기도 했답니다. 화가 히라야마 이쿠오 선생도 종종 놀러 와서 책 이야기나 장난을 치며 수다 떨다 가시기도 했고요. 그 외에도 많은 작가와 유명 인사가 단골이었는데, 이제 나이를 먹어 기억이 잘 안 나네요. 허허허."

다케히코 대표와의 이야기는 정말 유익했다. 인터뷰 말미에 진보초 맛집을 추천해달라고 하니, 아내분께서 매일 점심 도시락을 싸주기 때문에 맛집은 잘 모른다며 수줍게 미소를 지었다. 또 일본 문화나 역사를 깊이 알지 못하는 외국인인 내게 어려운 단어를 하나씩 읽어가며 쉽게 설명해주고 한자 읽는 법을 친절하게 알려줬다. 특히 중국 역사책 이야기는 짧은 시간 중에서도 가장 진지했다. 그러면서 진보초와 잇세이도서점의 미래, 다음 세대

1 양서와 예술서가 즐비한 2층.
2 '一誠'이란 단어는 잇세이도 서점의
   마음가짐이자 철학이나 다름없다.
3 따스함이 묻어나는 나무 바닥.

를 향한 당부를 잊지 않았다.

"진보초는 세계에서 보기 드문 고서점이 한데 집결한 곳
이에요. 버블 시기엔 책이 잘 팔리니까 자만심에 빠져 서
점 주인이 공부를 게을리했어요. 거품이 꺼진 뒤 손님이
불편해하는데도 바뀌지 않았죠. 하지만 요즘 젊은 사람은
달라요. 과거 잘못을 깨닫고 열심히 공부하며 좋은 책을
소개하려고 애씁니다. 이제 다음 세대가 전면에 나서 장
점은 이어가고 단점은 고쳐가며 진보초를 더 많은 사람에
게 알렸으면 좋겠어요."

다케히코 대표의 말에서 120년이란 역사가 느껴졌다.
유지하고 이어가는 것보다 공부하고 개발하려는 자세가
중요하다, 이것이 오랜 세월 진보초에서 고서점을 운영하
며 깨달은 점이리라. 그는 종이의 소중함을 몇 번이나 강
조했다. 전쟁을 겪은 시대에는 종이가 귀했기에 그 시절
에 나온 책은 그만큼 가치가 높다고. 전자책이 대거 쏟아
지는 시대, 하지만 독자는 점점 줄어드는 상황이기에 어
쩌면 그 시절 질감을 간직한 종이책이 주는 메시지가 더

힘이 있는 게 아닐까. 마지막으로 그가 입버릇처럼 얘기하는 말을 꼭 전하고 싶다.

"종이를 소중히 한다는 것은 책을 소중히 한다는 것이다. 오래된 책을 소중히 한다는 것은 그만큼 옛날 책을 아껴 다음 세대에게 점점 확산시키는 것이다."

종이의 쓸모를 되짚는 문장이라 뭔가 묵직한 울림을 선사한다.

사카이 다케히코 대표

잇세이도서점－誠堂書店

주소: 東京都千代田区神田神保町1-7
영업시간: 10시~18시 30분(월-토)
홈페이지: isseido-books.co.jp
SNS: twitter.com/lsseidobooks

과거와 현재가 공존하는 공간

고미야마서점

小宮山書店

외관은 옛 건물 그대로 보존하고 내부만 재단장해 쇼와시대로 돌아간 듯한 느낌을 자아내는 야스쿠니 거리에서 유독 눈에 띄는 건물이 하나 있다. 바로 고미야마서점이다. 1층과 2층이 훤히 보이는 통유리 외벽에 달린 'KOMIYAMA TOKYO'라고 적힌 레트로풍 네온사인과 그 위로 큼지막하게 자리한 '小宮山書店' 은색 글자 간판이 묘한 분위기를 만든다. 멀찍이 떨어져서 보면 인상이 또 달라진다. 너비는 좁고 길이는 긴 성냥갑 같은 직사각형 건물로 3층부턴 외벽이 대리석이라 모던함이 물씬 풍긴다 싶으면서도 메롱 하듯 혀를 내민 캐릭터 벽화가 자못 익살스럽다. 영어와 일본어, 과거와 현대가 공존해서 호기심을 불러일으킨다.

고미야마서점은 1939년에 문을 열었다. 1대 고미야마 게이치小宮山慶― 대표가 역사, 민족, 고고학, 문학을 다루는 서점으로 시작해, 2대 다케히코健彦 대표가 시대 흐름에 맞춰 다양한 장르를 취급하는 백화점식 고서점으로 바꿨고, 3대 게이타慶太 대표가 문화, 예술, 미술, 패션, 서브컬처까지 범위를 넓힌 결과 지금의 모습이 완성됐다. 요즘은 앞으로 책이 잘 팔리지 않을 거라고 판단해 현대

성냥갑 같은 고미야마서점 건물, 중간층을 둬서 높아 보인다.
예스러운 일본어 간판과 노란 네온사인이 조화롭다.

아트에 한창 주력하는 중이라 조만간 또 다른 모습으로 탈바꿈할지 모른다.

뭔가 여느 진보초의 오래된 서점과는 다르네, 하며 가게 안으로 들어가니 웬걸 우리가 익히 아는 고서점 느낌이다. 좁은 공간에 셀 수 없이 많은 고서가 여기저기 매대에 놓여 있거나 책장에 꽂혀 있다. 그나마 입구 쪽에 해외 패션 잡지와 패션 아트 사진집이 눈에 띌 뿐이다. 그것도 잠시 1층을 쓱 훑어보고 벽에 포스터가 걸린 계단을 올라가니 책장마다 일본 사진집을 비롯해 해외 유명 사진작가가 펴낸 사진집이 알파벳순으로 가지런하다. 이어 파란 화살표가 그려진 계단을 따라가니 나지막한 공간이 나타난다. 아, 중간층이구나. 대지 효율성을 위해 층과 층 사이에 중간층(M2 혹은 M3로 부른다)을 두는 일본 특유의 건축 방식으로, 6층짜리 건물이 실제보다 더 높아 보인 이유다.

1층은 패션, 2층은 국내외 사진집, M2층은 근대문학을 중심으로 미시마 유키오 작가의 책과 육필 원고, 영화나 연극 포스터, 피규어, 3층부터는 현대 아트를 즐기는 갤러리 공간으로 다양한 예술 작품과 책을 감상할 수 있다.

영화 주인공인 ET 피규어나 아톰 피규어가 놓인 가운데 유리 진열장에 미시마 유키오 작가의 육필 원고와 그가 그린 그림이 진열된 M2층은 인상적이었다.

미시마 유키오의 모든 것을 전시하고 판매

미시마 작가를 좋아해 찾아온 팬도 있었고 다른 책을 보러 왔다 잠깐 들러 구경하는 사람도 있었다. 연령대가 다양했다. 종종 서양인이 기념 촬영을 하는 모습도 봤다. 나도 책에 실으려고 미시마 작가 코너를 찍기 위해 한참을 줄 서서 기다렸다. 현대 아트 전문 서점에 문학 작가 특별 전시대가 있다니 신기할 따름이었다.

미시마 유키오는 다른 문학 작가와 달리 독특한 인생사부터 남다른 작품 세계, 할복자살이라는 기묘한 최후까지 호불호가 극명하게 엇갈리는 사람이다. 최고의 걸작이라 평가받는 『금각사』와 최고의 문제작이라 평가받는 『금색』이 한 작가의 손에서 탄생했다니! 그만큼 자신만의 색깔이 뚜렷한 작가가 또 있을까. 어떻게 이런 신비로운 보물 창고를 만들었는지 궁금하다. 어질러진 듯하면서도 조율이 된 느낌이다. 근현대 예술 사진과 설치미술이

1 화려한 패션 잡지로 눈이 즐거운 1층 패션 코너.
2 고전적인 광고 포스터가 걸린 계단 벽면.
3 알파벳순으로 사진집이 빼곡하게 꽂힌 2층 사진 코너.
4 매대에 사진전 포스터와 도록이 놓여 있다.

1 2
3 4

즐비한 공간에 어떻게 미시마 유키오 작품을 진열할 생각을 했을까.

"아버지로부터 미시마 유키오 작가가 자주 왔다는 이야기를 들은 적이 있는데, 그가 죽은 후에 태어난 저는 사실 미시마 유키오에 대해 잘 몰랐어요. 집안이 서점을 하다 보니 자연스레 문학에 관심이 생겼고, 좀 커서 미시마 유키오 작가가 쓴 소설을 읽었는데 한순간에 빠지고 말았죠. 이후 그의 작품과 관련 자료를 모으기 시작했어요. 초판본, 사인본, 한정본, 화보집, 영화 포스터와 육필 원고, 심지어 그가 즐겨 쓴 색종이까지 닥치는 대로 수집했습니다. 미술을 전공한 저한테 호소에 에이코의 사진집에 실린 미시마 작가의 나체 사진은 신선한 충격이었어요. 요코 다다노리 화가가 호소에 에이코의 사진을 보고 그림을 그리는 등 미시마 유키오라는 한 사람을 두고 많은 예술가가 다양한 작업을 한 만큼 관련 작품도 같이 소장하게 됐어요."

게이타 대표의 말에서 에너지가 듬뿍 느껴진다. 하나에

1 미시마 유키오 책이 꽂힌 M2층 서가.
2 반갑게 맞이하는 ET 피규어.
3 미시마 유키오의 스와 컬렉션 카탈로그.

1
2 3

폭 빠지면 집중해 몰두하는 성향인 것 같다. 인터뷰하는 내내 본인의 소신을 가득 담아 남들이 시도하지 않는 문화적 공존을 이야기했다. 100년 넘는 역사를 가진 진보초에서 살아남기 위해서 개성적이고 특별한 무언가가 필요하다고 주장했다. 문화적인 사명감도 물론 중요하지만 서점이 살아남으려면 경쟁력, 결국 생존을 위한 필살기를 갖춰야 한다는 것. 예전에는 인터넷이라는 네트워크가 없었으니 서점에 직접 가서 자신이 원하는 책을 찾는 수고를 들였다. 아니, 애서가라면 행복한 마음으로 기꺼이 발품을 팔았다. 하지만 지금은 다르다. 인터넷 검색 한 번으로 희귀 도서를 쉽게 구할 수 있는 시대다. 다른 고서점은 물론 온라인 서점, 중고 사이트와 치열한 경쟁을 벌여 매출을 올려야 하는 구조다.

"진보초에는 130여 개 고서점이 있어요. 도태되지 않도록 매일매일 노력해야 하는 이유죠. 맛이 없는 레스토랑에 손님이 가지 않듯, 특색 없는 고서점은 금세 버림을 받습니다. 손님이 계속 찾아오도록 다른 곳에는 없는 자료와 정보를 갖춰야 한다고 생각해 현대 아트도 다루기 시작했어요. 어느 정도 자리를 잡고 나선 한 달에 한 번, 혹은 석 달에 한 번씩 전시회를 열었어요. 한 공간에서 전시도 하고 책도 파는 전시회였는데, 예상보다 반응이 좋아 따로 고미야마 갤러리를 오픈했어요. 다양한 콘셉트로 전시회를 구성하는 한편 팸플릿이나 엽서 전단도 꾸준히 만들어 홍보하고 있습니다."

고미야마서점은 현대 아트와 일본 서브컬처를 집중적으로 다루며 자신만의 무기를 갈고닦느라 바쁜 나날을 보내는 중이다. 세계 시장을 겨냥해 '고미야마 도쿄'라는 새로운 브랜드를 만든 것. 벌써 소문이 났는지 해외에서 예술가나 유명인이 책과 자료를 찾으러 오는가 하면 영어 책 한 권 없이 세계아트페어에 참가해 준비한 책과 작품을 전부 팔기도 했다. 지난해 초 처음으로 인터뷰하러 갔을 때는 패션 관련 전시를 준비하고 있었다. 갤러리를 오픈한 지 얼마 안 된 어수선한 시기에 이미 전시회를 몇 차례 개최했다는 말에 깜짝 놀랐다.

그렇다고 책을 소홀히 하지는 않는다. 층마다 담당 직원을 따로 두어서 꼼꼼히 챙긴다. 1층 패션 코너를 도맡

아 관리하는 다케우치 도시오竹内利夫 씨를 비롯해 대부분 직원이 긴 서점 경력을 자랑하는 베테랑이다. 문학 전공인 사람도 있고 전자공학 같은 다른 분야를 전공한 사람도 있지만 책이 좋다는 이유로 서점에 입사한지라 다들 책을 향한 열정이 대단하다. 다케우치 씨는 고미야마서점의 터줏대감으로 자그마치 30년 넘는 세월 동안 근무했다고. 처음 만났을 때 웬 나이 지긋한 어르신이 무척 친절하게 손님을 대하며 긍정 에너지를 내뿜는데, 나까지 용기가 샘솟았다. 인터뷰에 앞서 잔뜩 긴장한 마음이 스르르 풀리는 기분이었다.

"일하면서 가장 인상에 남는 건, 다양한 작가를 만난 일이에요. 때론 책을 전해주러 자택이나 서고를 찾아가기도 했어요. 마쓰모토 세이초 작가와 이노우에 히사시 작가는 단골이셨죠. 이노우에 선생님은 작품을 쓰기 전 역사 고증을 위한 자료를 찾으러 종종 오셨는데, 그때마다 2층에 올라가서는 2대 대표님과 담배를 피우면서 담소를 나누셨어요. 그러고는 서점 문을 닫은 뒤에 마음껏 책을 살펴보셨죠. 연극을 주로 하시던 말년에 발길을 끊어 아쉬웠는데, 서고 자료를 일부 정리하신다고 해서 이치카와시까지 간 적이 있어요. 가마쿠라 자택보다 더 많은 자료와 책이 있던 게 생각납니다."

마쓰모토 세이초와 이노우에 히사시가 단골 손님

이노우에 히사시 작가는 다독가이자 장서가로 유명하다. 한 작품을 쓰려고 어마어마한 책과 자료를 찾아 읽었는데, 집과 작업실에 책만 몇 트럭 있을 정도였다고. 세상을 뜬 뒤 일부는 생전에 거주하거나 작품을 위해 머물렀던 지역 문학관이나 기념관에 기증했다. 일례로 지바현 이치카와시 이노우에히사시문학관에는 그가 젊은 시절 즐겨 읽은 책이 다수 진열돼 있다. 한때 일본 전역에 고고학 붐이 일었을 때, 고고학으로 유명한 당시 메이지대학 도서관장 스기하라 소스케를 비롯해 대학교수를 만나는 자리에 이노우에 작가를 모셔다드리기도 했단다. 다케우치 씨는 고서가 잘 팔리던 시기에는 그만큼 다양한 활동이 이곳저곳에서 열려 본인 스스로도 공부가 돼서 좋았다고 회상했다.

옛 사진과 책이 있는 공간에 개성 넘치는 현대 아트라니,
과거와 현재가 공존하는 서점임이 층마다 느껴진다.

"이노우에 선생님이 NHK 어린이 인형극 「홋코리 효탄섬」으로 이름을 조금씩 알리기 시작할 무렵, 차로 가끔씩 댁으로 모셔다드리거나 마중을 가기도 했어요. 차 안에서 이런저런 이야기를 나누다가 제가 사는 고이와 이야기가 나왔는데, 선생님도 젊은 시절에 고이와에서 하숙을 하셨다지 뭐예요. 제가 자주 다니던 목욕탕에도 종종 가셨다면서 「홋코리 효탄섬」 삽입곡을 쓸 때 그 목욕탕에서 본 물결이 떠올라 '파도가 찹찹~'이라는 가사를 썼다는 말을 듣고 그 유명한 노래 가사가 거기서 유래했구나 싶어 웃음이 절로 나왔죠."

1대 게이치 대표 때부터 이어지는 건물 뒤쪽 주차장에 마련된 '300엔 매대'와 매주 주말이면 열리는 '500엔 매대'는 고미야마서점의 숨겨진 재미다. 500엔 매대는 책 세 권에 500엔이라, 꽤 쏠쏠한 편. 지난해 초만 해도 코로나 팬데믹이 완벽히 끝나지 않아 안 했는데, 봄 지나 5월부터 다시 시작했다. 진보초 서점을 돌아다니다가 쉴 겸 나도 종종 들렀다. 얼마 전에는 운이 좋았는지 보석 같은 책을 만났다. 일본 연극책, 테아트론 관련서, 나쓰메 소세키 작품집. 다음 작품으로 음악극을 준비하는 중에 귀한 자료를 얻어 기뻤다.

사실 고미야마서점의 장르 전향은 대단한 도전이다. 고서점이 과거 모습은 남겨둔 채 새롭게 현대 아트에 뛰어들다니…… 게이타 대표의 젊은 패기 덕이 크다. 주변 우려와 달리 선대에서 쌓은 명성과 새로운 시도가 자연스레 공존한다. 지금은 발상의 통합을 바탕으로 다양한 문화 실험이 이루어지는 시대, 고서와 현대 아트의 조화는 성공을 거두지 않을까.

"우리 부모님 세대는 에로를 불편하게 생각했고, 예술로 인정하지 않았어요. 하지만 지금은 어떤가요? 시간이 흐르면서 예술은 점점 다양해지고 해석하는 방식도 여러 갈래로 나뉘고 있어요. 사람마다 생각이 다르듯 예술이나 책도 더 다양하게 진보해야 하고 가치 평가도 더 다양해야 합니다."

시대가 변하면 생각 역시 변한다는 말에 동감한다. 생각은 변하기 마련이다. 우리가 아는 유명 예술가 중에는

1 2
3

1 고미야마 도쿄 G 갤러리 입구.
2 패션 아트전을 준비하는 모습.
3 백넘버별로 진열된 해외 패션 잡지.

1 500엔 매대에서 구입한 책들.
2 주차장 공간이라 널찍하다.
3 500엔 매대는 언제나 인기 만점!
4 책뿐만 아니라 개성 넘치는 현대 아트 제품도 판매한다.

1 2
3 4

당대 빛을 보지 못했지만 훗날 인정받은 이들이 많다. 게이타 대표는 대량 인쇄와 대량 출판으로 말미암아 종이책의 가치는 점점 떨어질 거라고 말한다. 그래서 보다 품질 좋은 종이책, 현대 아트 서적을 더 많이 취급하고 홍보할 생각이다. 이런 책들은 몇십 년이 지난 후에도 깊은 감동을 선사하기에 소장할 가치가 높고 수요가 유지될 테니 말이다.

인터뷰하는 동안 자연스럽게 유명 작가 이름이 게이타 대표의 입에서 쏟아져 나왔다. 얼마 전 작고한 사진가이자 영화감독인 윌리엄 클라인을 파리 호텔에서 열린 파티에서 만난 이야기, 랩퍼 아나키가 집에 놀러 왔던 이야기, 소라야마 하지메 일러스트 작가랑 며칠 전 조우한 이야기, 화가 스기모토 히로시 선생과 뉴욕에서 연락이 닿아 아틀리에를 찾아갔던 일 등을 시간 가는 줄 모르고 즐겁게 들었다. 그중 가장 기억에 남는 건 아틀리에에서 스기모토 선생이 작품을 보여주며 설명까지 곁들였다는 에피소드였다.

그는 자신의 일을 아트 비즈니스라고 말하지만, 바탕에는 본인이 좋아하는 문화 예술을 다채롭게 만들고 싶다는 소망이 깔려 있다. 신인 작가에게는 새로운 기회를 부여하고 시간이 지나 잊힌 작가에게는 재조명받을 계기를 선사한다. 과거에 "이게 뭔데?"라는 소리를 들으며 무시당한 예술을 양지로 끌어올려 재현하고 부활시키는 것이 본인의 일임을 강조한다. 고전과 근대와 현대가 조화롭게 공존하는 고미야마서점, 진보초에 있기엔 어색한 감도 없지 않지만 예술 고서 복합 공간으로 쭉 그 자리를 지켜주길 바란다.

고미야마 게이타 대표

고미야마서점小宮山書店
주소: 東京都千代田区神田神保町1-7
영업시간: 12시~18시 30분(월-토), 12시~17시 30분(공휴일)
홈페이지: book-komiyama.co.jp
SNS: twitter.com/komiyama_tokyo

글리치 커피&로스터스
グリッチコーヒー&ロースターズ

오랜 전통을 자랑하는 고서점과 옛스러운 가게가 밀집한 진보초에서 외국인들이 "정말 미쳤다!"라고 호평하는 카페가 있다. 2015년 4월 오픈한 글리치 커피&로스터스. '일본에서 세계에 커피 문화를 발신하다'라는 콘셉트 아래 커피를 좋아하는 손님을 타겟으로 음료와 디저트를 판매하는데, 관광객의 발길이 끊이지 않아 점심 시간부터 줄을 서야 커피를 마실 기회가 주어진다.

단일 품종 단일 농원이라는 원칙하에 수많은 싱글 오리지널 원두를 보유하며, 바리스타는 그날 그날 손님의 입맛에 맞춰 원두를 선택해 갈아주고 친절하게 설명까지 곁들인다. 오후부터는 꽤 붐비니 오전 일찍 가는 게 좋다. 참고로 고미야마 서점에서 근무하는 다케우치 도시오 씨가 추천해준 카페다.

다케우치 도시오 씨

주소: 東京都千代田区神田錦町3-16 香村ビル1F
영업시간: 8시~19시(월-금), 9시~19시(토·일)
홈페이지: glitchcoffee.com

언어가 켜켜이 쌓인 문학 성지

야기서점

八木書店

야스쿠니 거리를 걷다 보면 어려운 한자체 간판과 종종 마주친다. 한자로 표기된 간판은 특수한 조명을 받거나 화려한 색깔을 띠지 않는다. 그저 서점명과 함께 판매하는 분야가 옆에 일목요연하게 적혀 있을 뿐이다. 어학, 문학, 역사, 철학, 예술 등 온갖 전문점이 밀집한 진보초 고서점 거리에서 일본 문학 하면 첫손으로 꼽히는 야기서점 고서부古書部도 그렇다. 검은색 바탕에 연갈색 붓글씨체로 쓰인 목제 간판이 수수해 보여도 뭔가 묵직한 질량감이 묻어난다.

야기서점의 전신은 일본고서통신사. 일본고서통신사는 잇세이도서점에서 근무하던 1대 야기 도시오八木敏夫 대표가 독립해 1934년 1월 간다 미사키초에 세운 작은 잡지사로 고서점 업계 전문지인 『일본고서통신日本古書通信』을 발간했다. 그해 9월 롯코서방六甲書房을 열고 고서 매매까지 진행하며 10년 넘게 간다 진보초에서 입지를 다졌지만, 1944년 전쟁으로 인해 문을 닫고 말았다. 전쟁 중 강제 징집되어 가게를 폐업한 사람은 도시오 대표만은 아니었다. 간다 일대에서 일하던 젊은 남자 대부분이 군대에 끌려갔다.

전쟁이 끝나자 1946년 도시오 대표는 다시 고서 시장에 뛰어든다. 지인과 함께 우에노 마쓰자카야 백화점 소속으로 고서부를 차린 것. 당시 일본은 심각한 물자 부족에 시달렸다. 유명 백화점마저 상품이 없어 매장이 텅텅 비기 일쑤라 자체적으로 고서부를 두고 헌책 매매에 공을 들였다. 도시오 대표는 지방을 돌아다니며 헌책을 사들이고 출판사로부터 파본이나 반품을 싸게 받아 소매로 팔았다. 그리고 1947년 잠시 맥이 끊겼던 『일본고서통신』을 다시 발행했다. 몇 년 동안 승승장구하던 그는 1953년 마쓰자카야 고서부란 명성을 버리고 '야기서점'이란 이름으로 신간 출판 및 중개업에 나섰다. 1961년 10월 진보초 야스쿠니 거리에 고서부를 개업한 뒤 60여 년간 차근차근 사업을 확장했다.

문학의 향기 풍성한 야기서점 고서부

현재 야기서점은 야기 홀딩스 아래 크게 네 분야로 나뉜다. 고서 판매, 서적 출판, 신간 중개 그리고 『일본고서통신』 발행. 고서 판매를 담당하는 곳이 바로 야기서점 고서부다. 커다란 쇼윈도 옆 출입문을 열고 들어가자마

자 느껴지는 엄숙함, 책장 가득 책등만 드러낸 채 가지런
히 꽂힌 책은 무서우리만치 단정해 왠지 주눅이 들었다.
단조로운 색감의 책등에는 그림 하나 없이 한자로 된 제
목만 적혔고, 책장을 구경하는 손님은 학자나 연구자처
럼 보였다.

일본에서 유학할 때 나를 가장 괴롭힌 것이 한자였다.
보통 한자의 음이 하나인 한국과 달리 일본은 여러 음을
가진다. 가령 달 月을 한국에선 '월'이라고만 읽지만, 일
본에선 음독인 가쓰がつ와 게쓰げつ, 훈독인 쓰키つき 이렇
게 세 가지로 읽는다. 게다가 이름이나 지명 같은 고유명
사는 일상에서 잘 쓰지 않는 한자거나 변칙적으로 읽는
경우가 많다. 일본어가 모국어인 일본인에게도 한자 읽기
는 난이도 높은 문제다. 책이나 신문을 읽다 보면 어떻게
읽는지 모르겠는 단어와 마주치는 일이 적지 않다. 그래
서 어려운 한자 옆에는 으레 읽는 법이 달리고, 명함을 받
으면 어떻게 읽는지 꼭 묻는다. 그런 한자가 빼곡하니 덜
컥 겁부터 날 수밖에. 하지만 찬찬히 둘러볼수록 마음이
편안해졌다. 이게 문학의 힘이려나.

야기서점 고서부는 주로 문학과 어학을 다루며 1년에

작가명으로 구분된 책장.

2회 고서 목록을 발행한다. 1층은 메이지시대부터 쇼와 시대까지의 근대문학과 연구서, 2층은 고대부터 근세까지의 고전문학과 어학, 3층은 서로서로 도서를 판매하는 즉매회, 기획전, 강좌 등 다양한 행사가 정기적으로 열린다. 그중 1층은 일본 근대문학의 보고나 다름없다. 작가별로 단행본은 물론 작품 세계를 아우르는 전집, 육필 원고, 서간, 평론이 충실해 마치 문학관에 온 듯하다.

히라가나순으로 진열된 서가는 국민 작가라 불리는 나쓰메 소세키 책이 가장 많은 자리를 차지했다. 그다음은 당연히 다자이 오사무. 책장 사이를 거닐다가 나가이 가후나 에도가와 란포 같은 낯익은 작가나 작품과 만날 때면 나도 모르게 반가워 꺼내 펼쳤다. 시대별 문예사조와 문학개론 관련서가 진열된 서가는 일본 문학사가 한눈에 들어왔고, 책장 옆면에 붙은 『사랑하지도 않으면서』의 저자 다케히사 유메지가 그린 미인화 포스터가 시선을 사로잡았다. 유리 진열장 속 빛바랜 육필 원고와 그 위 선반에 놓인 초판본을 구경하는 재미도 쏠쏠했다. 가격이 제법 나가서 살 엄두조차 못 냈지만, 400자 원고지 위에는 작가가 고뇌에 찬 얼굴로 써 내려갔을 문장 말고도 빨

1 오픈하기 전 야기서점 고서부,
   내려진 셔터마저 고풍스럽다.
2 1층에서 열리는 이벤트인
   '원고용지의 세계' 포스터.
3 입구에 들어서자 정면에
   다케히사 유메지 홍보 포스터가
   보인다.

간 글씨로 고치거나 지운 흔적이 남겨져 흥미로웠다. "모든 초고는 쓰레기다"라는 헤밍웨이의 말이 떠올라 살짝 웃음이 났다.

시간 가는 줄 모르고 한참을 책 삼매경에 빠져 있다가 문득 인터뷰 약속이 떠올라 밖으로 나왔다. 다만 아무리 바빠도 고서점 앞 균일가 매대를 그냥 지나칠 수는 없는 법. 가던 길을 멈추고 슬쩍 훑어보니 파란 캠핑 박스마다 한 권에 300엔, 500엔, 800엔짜리 책이 수북하다. 샅샅이 뒤져보고픈 욕구를 억누르고 다음을 기약하며 서둘러 발걸음을 옮겼다.

남이 안 하는 일을 해내는 즐거움

오가와마치 방향으로 걷다가 횡단보도를 건너 골목길로 들어서자 붉은 벽돌이 매력적인 야기서점 본사 건물이 보였다. 본사에는 출판부, 신간 중개부, 일본고서통신사가 모여 있다.

우선 출판부는 문학과 역사를 중심으로 연극, 미술, 서지학 관련 학술서를 출간하는 한편 사료적 가치가 높은 고문서와 고서적을 고화질로 정교하게 재현한 복제본과 복각본을 발간한다. 복간본의 경우, 원본을 최대한 살리면서도 인명과 지명을 현재에 맞게 바꾼 주석과 주요 내용을 간추린 개요를 덧붙인다. 또 문화사적으로 중요한 근대 문학 자료를 선정해 보존과 복원에 힘쓴다. 2000년대 들어 기존 종이책을 디지털화하는 작업도 진행 중이다.

"진보초에서 이제 출판과 고서 매매를 함께하는 곳은 야기서점뿐이에요. 예전에는 꽤 됐는데, 거의 다 변해가는 환경으로 인해 출판업을 접거나 고서점 문을 닫았거든요. 그러다 보니 판매뿐만 아니라 고서 보존에 대한 책임감이 생겼고, 지금 존재하는 고서가 사라지기 전에 데이터베이스화를 서둘러야겠다고 생각했답니다. 그 첫걸음이 오래 전부터 점자책 출판을 같이해온 일본근대문학관의 콘텐츠였죠."

야기 홀딩스를 이끄는 야기 소이치八木壯一 대표의 설명이다. 야기서점은 2008년 근대사 연구의 기초 자료인 『문예구락부文芸俱楽部』, 『태양太陽』, 『교우회 잡지校友会雑誌』를 동시에 웹판으로 선보였다. 이들 근대 잡지의 디지털화는 꼭 필요한 과제였지만 쉬운 일은 아니었다. 이를테면 하쿠분칸이 1895년 1월부터 1933년 1월까지 발행한 『문예구락부』는 메이지시대를 대표하는 문학잡지로 신진 작가의 초기작부터 당대 내로라하는 작가의 걸작은 물론 세태 풍속 기사까지 다수 실린 1급 사료다. 하지만 통권 457호(임시 증간호 150권 포함)로 분량이 어마어마하다. 1895년 1월에서 1912년 12월로 기간을 한정한 메이지편만 해도 총 284권이다. 지면은 10만 8,070쪽에 달하며 집필자는 2,600명이 넘는다. 실로 방대한 작업이었음이 틀림없다.

이어 2011년 『중앙공론』 편집장이던 다케다 죠인이 일본근대문학관에 기증한 주옥같은 원고를 모아 '근대작가 원고집'이란 제목으로 웹판을 제작했다. 1915년 4월부터 1925년 10월까지 다니자키 준이치로, 미야모토 유리코 등 67명의 작가가 쓴 213개 원고 원본(10,293매)과 그 작품이 실린 『중앙공론』 잡지 지면(2,638장)을 한데 엮었다. 컬러로 제작해 작가의 필체나 붉은색으로 교정한 글자까지 생생하게 보일뿐더러 일괄 또는 부분 인쇄가 가능하다고.

2014년에는 에도시대 후기 문학과 역사 고서를 집대

1 야기서점 고서부는 야스쿠니 거리와 스즈란 거리가
  만나는 지점에 위치한다.
2 본사 건물 층별 안내판.
3 오가와마치 골목에 자리한 야기서점 본사 건물.

성한 일본 최대 자료집인 『군서류종群書類從』전 133권(정편 30권, 속편 86권, 속속편 17권) 전문을 디지털화해 재팬놀리지(japanknowledge.com)에 공개했다. 재팬놀리지는 일본 및 해외 출판사와 제휴해 백과사전부터 고전 총서까지 다양한 학술 자료를 제공하는 지식 검색 사이트다. 유료 회원제로 운영되며 야기서점에서 제작한 전자책은 'JKBooks'란 이름으로 묶여 학교와 도서관 등 법인 회원만 열람할 수 있다.

야기서점의 도전은 여기서 그치지 않는다. 일본 사료와 고문서를 망라한 『사료찬집史料纂集』웹판을 펴내기로 한 것. 『사료찬집』은 속군서류종완성회라는 단체에서 1960년대 말부터 발간한 총서로 2006년부터 야기서점이 이어받아 현재까지 260권가량 출판했다. 고기록편과 고문서편을 합쳐 260권이 넘는 대형 프로젝트라, 오랜 준비 끝에 2023년 1월 고기록편 제1기인 '헤이안·가마쿠라·남북조'(전 43권), 올해 1월 고기록편 제2기인 '무로마치·전국시대'(전 60권)를 선보였다. 나머지 편은 앞으로 차례차례 디지털화해 공개할 예정이다.

신간 중개부는 국문학, 역사, 종교, 사회과학을 중심으로 300여 개 출판사와 거래하며 일본 전국 서점에 책을 납품한다. 베스트셀러는 많지 않지만, 전문 서적이 알차다는 평가를 받으며 중개업자로서 일본 출관계에 일조한다.

마지막으로 야기서점의 뿌리인 『일본고서통신』을 발행하는 일본고서통신사. 『일본고서통신』은 도시오 대표가 창간한 이래 고서 시세와 시장 동향을 자세히 다루며 업계의 절대적인 지지를 받아온 역사 깊은 고서 전문지다. 전쟁으로 인해 휴간한 때를 빼고는 매달 발행해 2012년 통권 1,000호를 돌파했으며 2024년 1월 1,133호가 나왔다. 지금은 고서 애호가나 연구자 등 일반인으로까지 독자층이 넓어졌다고. 하나의 테마로 꾸려지는 특집 기사를 비롯해 유명 작가의 에세이, 고서점 운영기, 각지에서 발행된 특수 문헌 소개, 즉매회나 전시회 소식, 전국 고서점 통신판매 목록까지 읽을거리가 풍성하다. 고서 하면 어려운 한자와 빽빽하게 적힌 작은 글자가 연상되겠지만, 독자 연령대를 고려해 큰 글씨로 편집한 게 인상적. 신선한 주제 발굴, 발 빠른 고서 정보, 가독성 높은 디자인 등 끊임없는 노력이 장기 구독자를 유지하는 비결이리라.

1 2
3 4
5

1 '일본근대문학관' 시리즈 홍보 전단.

2 1895년 6월 『문예구락부』에 실린
  이즈미 교카의 「외과실」 삽화.

3 『사료찬집』 복간본 세트.

4 『사료찬집』 웹판 홍보 전단.

5 『일본고서통신』 2023년 12월호.

"스물여섯 살쯤에 입사했으니 60년 가까이 야기서점에서 일을 했네요. '우리가 해야 하는 일인가'를 우선적으로 생각하며 남들이 안 하는 분야를 꾸준히 시도하다 보니 힘들기도 했지만, 그만큼 즐겁고 뿌듯한 시간이었죠. 결국 당장의 성과보다는 장기적으로 의미 있는지를 먼저 따지며 좋은 책을 좋은 형태로 만드는 게 중요해요. 책으로 돈을 벌어야겠다고 맘먹으면 오래 할 수 없습니다."

소이치 대표는 인터뷰 사이사이 가와바타 야스나리 작가와의 추억, 이노우에 히사시 작가가 여동생 옆집으로 이사 와 친해진 일화를 흘러가는 말로 들려줬다. 그에게 더 많은 이야기를 듣고 싶었지만, 다음 회의가 기다리는 데다 연세와 체력을 생각해 작별 인사를 나누며 자리에서 일어났다. "책은 실물로 보는 것이 제일이다. 책을 보지 않으면 시작되지 않는다. 책이란 만남이니까." 소이치 대표의 이 말이 전철역으로 향하는 내내 귓가에 맴돌았다.

희귀한 고서나 근대문학 작품을 데이터베이스화하는 데 앞장서는 야기서점은 고서 애호가와 문학 연구자에게 샘물 같은 존재다. 얼마 전 읽은 스마트폰이나 컴퓨터에 설치된 한자 자동 변환 기능에 익숙해진 나머지 간단한 한자조차 제대로 쓰지 못하는 사람이 늘었다는 기사가 떠올랐다. 편리함을 좇느라 언어와 문학을 소홀히 대하는 시대, 자국의 언어와 문학을 소중히 보존하고 계승하는 야기서점을 어찌 존경하지 않을 수 있을까.

야기 소이치 대표

야기서점 고서부八木書店古書部
주소: 東京都千代田区神田神保町1-1-7 1~3F
영업시간: 10시~18시(월-토)

야기서점 본사八木書店本社
주소: 東京都千代田区神田小川町3-8
홈페이지: books-yagi.co.jp
SNS: twitter.com/yagisyoten

키친 난카이 キッチン南海

아침저녁으로 사람들이 주욱
줄지어 기다리는 장면을 만나
는 곳, 진보초를 '카레의 거리'
라 불리게 한 원조 카레 맛을
간직한 식당. 얼마나 맛있길래
이토록 긴 줄이.

가게 이름은 야구광이던 초대
점주가 응원하던 팀인 '난카
이 호크스(지금은 소프트뱅크
호크스)'에서 따왔다고. 하지

만 1966년 창업해 54년이란 전통을 자랑하던 본점은 안타깝게도 건물 노후
로 인해 2020년 6월 폐점했고, 그해 7월 본점에서 20년 이상 주방장으로 일
한 주죠中條 씨가 근처에 '키친 난카이 진보초점'을 오픈해 본점 맛을 이어가
고 있다. 간판 메뉴는 특유의 카레 맛이 일품인 가스카레로 히라메후라이, 쇼
가야키, 에비후라이, 크림크로켓을 곁들인 밥도 별미다. 양 최고! 맛 최고! 가
격 최고! 삼박자를 갖춘 가게다.

주소: 東京都千代田区神田神保町1-39-8
영업시간: 11시 15분~15시, 17시~19시 30분
(월~토, 재료 소진 시 종료)

대학가 옛길의 낭만

하쿠산 거리 白山通り

지요다구 히토쓰바시에서 분쿄구 하쿠산까지 이어지는 거리. 특히 진보초역에서 스이도바시역까지의 니혼대학 주변은 고서점 외에 값싸고 맛있는 아담한 노포가 많은 것으로 유명하다. 오래전부터 '젊음의 거리'로 불리며 사랑받은 대학가의 낭만을 즐기고 싶다면 둘러보길 바란다.

그리운 멜로디가 넘쳐흐르는

레코드사

レコード社

진보초는 고서 마을 외에 '구루메*グルメ*'라고 해서 '맛집' 이라 불리는 식당이 수두룩하다. 특히 대학가의 옛길인 하쿠산 거리는 코로나19 여파로 여러 가게가 문을 닫았 지만, 그래도 여전히 그 터를 꿋꿋하게 지키는 노포가 많 다. 홋카이도식 라면 가게, 돈이 없는 대학생과 예술가가 싼 가격에 맥주를 마시러 즐겨 찾는 곱창 가게 등 부담 없이 들러 하루의 피로를 풀 수 있는 곳들 말이다. 서점 취재를 위해 바삐 돌아다니다가 허기진 배를 채워줄 맛 집을 찾던 중 우연히 '레코드사'라는 간판이 눈에 띄었다. 계속된 서점 투어와 인터뷰로 지친 내게 우연히 발견한 레코드사는 신선한 호기심을 불러일으켰다. 활자에 지친 눈과 머리를 소리로 치유해볼까, 조심스레 문을 열고 안 으로 들어갔다.

사실 하쿠산 거리는 작년에 처음 자세히 둘러봤다. 신 주쿠선 혹은 미타선, 한조몬선을 타고 진보초역 A3번 출 구로 나오자마자 바로 하쿠산 거리인데, 신주쿠선보다는 미타선이나 한조몬선 개찰구가 가까우니 참고하자. 출구 에서 왼쪽으로 스이도바시역 방향으로 쭉 걷다 보면 작 은 서점부터 시작해 크고 작은 가게가 하나둘 보인다. 헌

1 스이도바시역 방향, 작은 사거리 횡단보도 앞 레코드사,
   그 옆에 오쿠노가루타점이 나란히 자리한다.
2 레코드사의 상징인 강렬한 붉은 간판이 눈길을 사로잡는다.

} 1
  2

책이 수북하게 쌓인 매대가 길가를 차지한 야스쿠니 거리와 달리 아기자기한 분위기가 묻어난다. 찬찬히 구경하는 재미에 정신이 팔린 사이 어느새 다다른 횡단보도 앞, 살짝 고개를 돌리자 가타카나로 쓴 빨간색 간판이 반갑게 인사한다. 가로수에서 떨어진 낙엽이 온통 길바닥을 노랗게 물들여 자꾸 밖으로 사람들을 유혹하는 가을과 빨간색 간판이 달리 레코드사는 유난히 어울린다.

레코드사는 3층 건물로, 건물 전체를 레코드사 본점으로 쓴다. 1층은 일본의 옛날 대중가요, 2층은 재즈와 서양음악을 비롯한 전 장르를 아우르는 음반들이 놓여 있다. 그리고 3층은 클래식, 샹송, 탱고 등 쉽게 구할 수 없는 희귀한 레코드판과 CD, DVD, 오래된 축음기, 클래식한 스타일의 오래된 LP플레이어까지 신기한 물건으로 가득한 보석상자 같다.

진보초에 불어온 레트로 열풍

코로나 팬데믹이 끝난 직후부터 일본 젊은 세대 사이에서 레트로가 유행하는 중이다. 트렌드에 민감한 대학가인 진보초는 금세 젊은 친구들로 활기를 되찾는 가운데 포스트 코로나 시대 여행에 목마른 예술인과 관광객의 발길까지 끊이지 않는다. 곳곳에서 한국어, 영어 등 다양한 언어가 들려오고 혼자 혹은 두세 명의 청춘들이 레트로 문화를 만끽하느라 여념이 없다. 쇼와시대를 연상케 하거나 80~90년대 아날로그 느낌을 간직한 가게들은 이제껏 없던 뜨거운 인기를 맛보고 있다.

"근 삼사 년간 거리에 손님이 없었어요. 하지만 계속 찾으시는 한 분을 위해서라도 문을 열었습니다. 음악은 말하는 것이 아니잖아요. 책도 마찬가지겠지만, 저희는 귀로 들으며 음반을 고릅니다. 저희 손님들은 마니아가 많으시지만, 예술가들도 많이 찾으세요. 조용히 음반을 고르시고 듣다가 조용히 사서 가시죠. 하지만 지난해부터 젊은 손님들이 꽤 늘었어요. 오랜만에 겪는 경험입니다. 아주 즐거워요."

레코드사는 80년 넘는 전통을 자랑하는 노포다. 3대에 걸쳐 운영되는 곳이긴 하나, 2대째까지 가족 시스템이었다가 지금은 아버지에 이어 직원으로 근무하던 이토 고

1   메이지시대부터 쇼와시대에 이르기까지 다양한 일본 레코드판이
    진열된 1층 매장. 과거 육성이 그대로 보존된 낭독시와 만담 음반도 있다.
2   클래식한 분위기에 어울리는 축음기.

1
2

이치伊藤幸一 씨가 대표를 맡고 있다. 이토 대표가 일한 지는 50년, 신문에서 직원 모집 공고를 보고 시티팝을 좋아한다는 이유로 입사했고 이후 쭉 일하다 5년 전에 가게를 물려받았단다.

처음 내가 찾아간 날도 출입문을 열자마자 알 작은 뿔테 안경을 쓰고 파란색 와이셔츠를 입은 채 계산대에 앉은 이토 대표가 보였다. 살며시 들어오는 손님을 향해 호들갑스럽게 인사를 건네지 않고 그저 음반에 대한 질문을 받을 때만 나지막한 목소리로 응대할 뿐이었다. 일본음악 혹은 80~90년대 영화음악 등 갖가지 멜로디만이 시곗바늘의 움직임에 맞춰 조용히 흘러넘치는 공간이라 마음이 저절로 차분해졌다. 손님들의 황당한 질문에도 인자한 아버지 같은 표정으로 음반 위치를 알려주고 음반 상태를 설명하는 그의 모습에서 장인 정신이 엿보였다.

시티팝은 1970년대 중후반부터 1980년대까지 인기를 모았던, 말 그대로 도시적인 음악 장르다. 소울, 재즈, 팝, 펑크 등 다양한 장르 음악이 시티팝 범주에 포함되는데, 버블 시대에 엄청난 자본력을 바탕으로 탄생했다. 최고급 스튜디오는 물론 외국 유명 아티스트와 같이 작업하며 음악적 거리감을 점점 좁히고 발전한 끝에 일본 특유의 세련된 감각이 담긴 장르로 전 세계적으로 이름을 알렸다. 이토 대표는 시티팝을 좋아했던 시기에 다양한 서양 음악을 접할 수 있어 레코드사에서 일하는 나날이 무척 즐거웠다고 말한다.

"요즘 레트로가 유행하면서 시티팝 판매량이 부쩍 늘었어요. 예를 들면 야마시타 타쓰로, 오타키 에이치, YMO(옐로 매직 오케스트라) 같은 뮤지션의 곡들이 인기가 높아요. 부모의 영향인지 유행인지 모르겠지만 젊은 친구들이 시티팝을 점점 즐기는 추세예요. 물론 여전히 40대나 50대 이상 장년층이 주 고객이긴 하지만요. 과거 추억을 회상하기에 음악만큼 좋은 게 또 없죠."

2000년대 전까지만 해도 호황을 누리던 음반은 인터넷 보급이 본격화되면서 하락을 면치 못하고 있다. 아날로그 감성이 대세인 일본도 예외는 아니다. 각지 백화점과 연회장에서 레코드를 고집하는 분들이 있어 자주 출장을 다녔다는 이야기는 전해 들었지만 그것도 현대 문명의 기

1 재즈와 소울 등 월드 음악 음반이
　장르별로 가지런히 진열된 2층 매장.
2 계단을 올라오자마자 보이는
　동요 코너.
3 음반을 구경하다 마음에 들면
　창가 청음 코너에서 들을 수 있다.
4 2층과 3층 사이 계단에 붙은 포스터.

{ 1
2　3
　　4

1 오래된 축음기와 LP플레이어가 멋스럽다.
2 서양음악을 상징하는 비틀스 사진이 걸린 레이저디스크 코너.
3 메이지시대부터 일본 레코드 역사를 기록한 포스터.

계 앞에서는 옛것이 되고 말았다. 그래서 레코드사의 출장 이벤트는 중단되었다. 또한 음반 이벤트를 하고 싶어도 점점 전국의 음반 가게와 축제가 사라지고 있다.

"전국으로 이벤트를 다니던 시기가 있었어요. 그때가 60년대에서 90년대까지죠. 일본의 음반은 어딜 가나 호황을 누렸어요. 하지만 지금은 그 추억을 기억하는 50대나 60대 분들이 가게를 주로 찾죠. 덕분에 포크 계열 가수들 음반은 꾸준히 나가는 편이에요. 비틀스 같은 그룹은 스테디셀러죠. 세계적으로 유명한 그룹이지만, 특히나 일본인은 비틀스를 정말 사랑해요. 그래서 특별판과 한정판은 가격 차이가 상당하죠. LP판도 시기나 보관 상태에 따라 가격 차이가 나요. 가격 변동이 가끔 있지만, 그 외에는 가격 차를 많이 두지 않으려고 해요. 최대한 손님을 배려하며 음반을 정직하게 팔려고 합니다."

어떤 상태가 좋은 음반인지, 특정판인지 구분은 할 수 없다. 하지만 음반을 매입하고 재판매 과정에 손님의 입장을 고려하여 음반 가격 기준을 크게 변동하지 않는다.

또 비싼 가격대라 구입을 망설이는 손님들을 위해 100엔 음반 코너를 따로 만들어 접근성을 높이려 애쓴다.

노포 음반점에 한자리 차지한 K-POP

레코드사는 SP, LP, EP(레코드의 녹음과 시간의 구분 종류)만 합쳐 10만 장 이상을 보유하고, 그에 따라 축음기를 판매한다. 그 밖에 지금까지 발매된 모든 장르의 레코드와 CD, DVD 등 음악에 관련된 모든 것을 매입한다. 특히 메이지시대부터 다이쇼시대, 쇼와시대에 걸쳐 제작된 SP판에 힘을 쓰고 있다. 이렇게 방대한 양을 취급하는 동시에 정직한 가격과 완벽한 관리로 상품 가치를 유지한다. 정확한 평가를 위해 경험이 풍부한 전문가와 함께 정성스럽고 빠르게 감정한다. 그래서인지 음악 평론가나 음악 관련 종사자, 수집가들한테 전폭적인 신뢰를 받고 있다. 이것이 지금까지 오랜 시간 가게를 유지한 비결이다.

"언제까지 이 가게가 지속될지 모르겠어요. 50년 이상 진보초에서 음반을 판매하면서 많은 가게와 많은 서점을 보았어요. 물론 도쿄의 유명 레코드 가게들도 만났죠. 시간

1 클래식 음반과 한정판 같은 고가품, 다양한 축음기가 진열된 3층 매장.
2 SP판을 틀던 축음기.
3 희귀 음반과 레코드 박스 세트는 소장 가치가 높은 만큼 비싸다.

1
2 3

이 흐르면서 점점 없어지는 가게들을 보면서 걱정이 앞서요. 하지만 이곳 진보초는 옛것을 판매하는 곳이에요. 저는 음악을 좋아하죠. 옛것을 좋아해서 와주시는 분들이 계시고, 옛것을 없애지 않고 이렇게 판매하는 저희가 있는 한 손님들은 있을 거라 믿습니다."

유행은 돌고 돈다. 그리고 과거 기억이 깃든 물건이 하나의 예술로, 향수를 불러일으키는 추억으로 재해석되기도 한다. 공연 예술을 하는 사람으로서, 과거 고전과 근대 예술을 찾으며 옛사람들의 생각과 철학으로 새로운 것을 발견하고 싶다. 지금은 언어의 다양성을 존중하는 시대다. BTS가 영어권만 중시하던 과거였다면 과연 인기가 있었을까. 영어가 아닌 한국어로 부른 노래가 전 세계인에게 사랑받을지 상상이나 했을까. 음악의 힘으로 노래와 더불어 한국어가 알려지고 한국 역사와 문화가 퍼지는 중이다. 노포 레코드사의 외국어 음반 코너에 당당히 K-POP이 한자리를 차지한 것도 음악이라는 고마운 예술이 있어서다. 앞으로 몇십 년 후에 비틀스처럼 한국 유명 아티스트들도 레코드사의 스테디셀러가 될 날이 기다려진다.

  진보초에서 레코드만 취급하는 가게는 레코드사뿐이라고 생각했는데, 간다고서센터에 갔다가 9층에 후지레코드사가 있다는 사실을 알았다. 이곳도 갖가지 음반은 물론 축음기, LP플레이어, CD플레이어 같은 음악 기기를 판매했다. 게다가 레코드사보다 좀 더 희귀한 제품군을 갖췄으니 참고하길 바란다.

이토 고이치 대표

레코드사レコード社
주소: 東京都千代田区神田神保町2-26
영업시간: 11시~20시(월-토), 11시~19시(공휴일)
홈페이지: recordsha.com

그림과 놀이로 일본을 읽는

오쿠노가루타점
奥野かるた店

아이가 유치원을 다닐 때다. 아이 친구들과 엄마들이 함께 모여 핼러윈 파티와 크리스마스 파티를 한 적이 있다. 저마다 집에서 음식과 음료를 손수 만들어 가져왔고 서로 주고받을 선물과 놀잇거리를 챙겨와 홈파티를 열었다. 그때 단순하면서도 아이와 재미있게 시간을 보내기에 가장 좋았던 것이 일본 전통 놀이 중 하나인 가루타かるた였다.

가루타는 카드를 뜻하는 포르투갈어 'carta'에서 따온 말로, 16세기 중반 포르투갈 상인을 통해 일본에 전해진 일종의 카드 게임이다. 에도시대부터 정월에 하는 놀이로 자리 잡은 이래 지금도 명절이나 가족 모임이 있으면 즐겨한다고. 흔히 아는 트럼프, 화투는 물론 전통 시인 와카나 속담을 앞부분만 듣고 뒷부분이 적힌 패를 찾아내는 우타가루타, 이로와가루타 등이 대표적이다.

우리가 파티에서 했던 가루타는 여자아이가 좋아하는 프린세스 시리즈인 인어공주, 알라딘, 백설공주 같은 동화 속 주인공을 소개하는 게임이었다. 그림과 문자가 적힌 카드를 바닥에 펼쳐놓고 누군가 같은 그림과 문자가 적힌 카드를 읽으면 그와 짝이 되는 다른 카드를 빨리 찾

는 사람이 이기는 식이라 머리를 써야 했다. 당시 아이가 아직 히라가나를 읽지 못하던 터라 게임에 져서 억울하다며 울던 기억이 난다. 그때 처음 알게 된 가루타는 일본어 공부를 어떻게 해야 할지 고민하는 외국인 부모에게는 고마운 단비 같았다. 유난히 게임을 좋아하는 아이였기에 놀이를 한껏 즐기면서 일본어 공부까지 할 수 있었으니 말이다.

오늘의 목적지인 오쿠노가루타점은 가루타는 물론 화투, 트럼프 등 갖가지 카드를 판매하는 전문점이다. 아담한 100엔숍, 오래된 약국, 장인의 손길이 느껴지는 라면 가게까지 옹기종기 모인 하쿠산 거리, 레코드사 옆 빛바랜 갈색 바탕에 서점 이름이 도장처럼 찍힌 간판이 도드라진다. 통유리로 된 쇼윈도 안에는 알록달록한 그림이 그려진 조그마한 가루타 패가 가지런히 진열돼 오가는 사람들의 눈을 즐겁게 한다.

진보초 유일의 가루타 전문점

1층에는 초보자를 위한 가루타, 트럼프, 퍼즐, 바둑, 장기, 화투, 주사위 등 집에서 가족끼리 갖고 놀 만한 물건

{ 1 2
{ 3 4

1 추리 퍼즐, 수리 독해,
  가루타 설명서 등 두뇌로
  즐길 만한 책까지 가득하다.
2 계산대 앞 1층 매대에 진열된
  화려한 그림의 화투와 트럼프.
3 계단 벽면에 전시 그림이 걸려
  자연스레 감상할 수 있다.
4 계단 입구 옆에 놓인 소품.

이 즐비했고, 2층에는 '작은 가루타관'이란 이름으로 대대로 수집해온 귀중한 소장품을 전시해놓았다.

오쿠노가루타점은 1921년 장기 장인이던 오쿠노 후지고로奧野藤五郎 대표가 장기, 바둑, 마작, 화투 등을 취급하는 도매상으로 신바시에서 오쿠노잇쿄상점奧野─香商店이란 이름으로 시작했다. 그러다 전쟁으로 강제 이주, 1952년 지금 자리인 진보초에 터를 잡고 다시 문을 열었다. 1979년부터는 가게 앞 길가에 가판대를 늘어놓고 비디오게임과 프라모델 등을 팔며 '마을의 장난감 가게'로 자리를 잡았다. 2대인 오쿠노 노부오奧野伸夫 대표가 본격적으로 서점을 맡으면서 오리지널 가루타를 기획하고 개발한 덕에 진보초의 하나뿐인 '가루타 전문점'이란 명성을 얻었다.

옛날에는 종이가 귀한 탓에 가루타 패를 나무로 만들었단다. 1대인 후지고로 대표가 장기나 바둑뿐만 아니라 화투에까지 관심을 넓힌 이유다. 2대 노부오 대표는 목재가 아닌 종이로 만든 가루타에 주목해 일본적이면서도 소장 가치가 높은 아름답고 똑똑한 가루타를 제작하기 위해 여러 노력을 기울였다. 그중 백인일수百人─首 가루타에 들인 공은 어마어마하다. 백인일수란 일본 중세시대가인 100명이 지은 와카를 한 수씩 모은 것을 말하는데, 백인일수 가루타는 위아래 구절이 적힌 100장과 아래 구절만 적힌 100장이 한 세트를 이룬다. 노부오 대표는 그림과 글씨를 당대 유명 작가들에게 의뢰해 오쿠노가루타만의 제품을 선보였고 입소문이 나면서 큰 인기를 끌었다. 전국 초등학교 방과후 놀이 교실에서 학습 자료로 널리 사용될 정도다.

"저희는 일반적인 가루타를 제작하는 다른 곳과 달리 굉장히 보수적이에요. 시중에 많이 나오는 만화 캐릭터나 디즈니 캐릭터를 활용한 가볍게 즐기는 현대적인 가루타가 아닌 일본 특유의 색채나 양식을 살려 전통미를 강조한달까요. 화려한 꽃과 나무가 그려진 화투, 도형이나 숫자가 새겨진 마작, 와카를 읽으며 그림을 맞추는 백인일수 가루타의 공통점은 그림으로 일본어를 읽는다는 점인데요. 즉 일본어로 다 같이 놀자는 거죠."

아버지의 뒤를 이어 3대째 가게를 지키는 오쿠노 도모코奧野誠子 대표의 설명이다. 도모코 대표는 아버지가 개발

1 매장 가운데 매대에는 주력 상품인 가루타와 카드가 놓여 있다.
2 위에서 내려다본 1층 매장 전경.
3 가루타와 카드가 그려진 오리지널 에코백.

```
 1
2 3
```

한 가루타 시리즈를 계속해서 다양한 버전으로 업그레이드하며 아날로그 게임을 특화한 상품을 소개하고 판매하는 데 주력하고 있다. 특히 일본어 학습을 위한 가루타 제작은 그녀가 제일 고민하는 부분으로 속담, 관용어, 사자성어, 와카 읽기, 지명 읽기 등 다양한 언어 학습 가루타를 선보이는 중이다. 초등학생 아이를 키우는 엄마로서 친숙하게 다가가는 언어 공부법을 항상 고민하던 터라 학습 가루타에 부쩍 관심이 갔다.

전통미를 살린 학습 가루타

일본어 특성상 한자의 훈음을 각각 읽고 외우고 이해해야 하는 게 제일 어렵다. 한국에서도 중고등학교 시절에 한문 수업이 있었다. 중학교 때는 한문 수업 시간이 많아 한문을 외워야 한다는 압박감으로 스트레스를 받았다. 고등학교에 올라와서야 일주일에 한 시간 과목으로 바뀌어 한자의 비중이 그만큼 적었는데, 지금 생각해보면 중학교 시절 달달 외운 한자가 어른이 되어서도 큰 도움이 된 것 같다. 그런데 일본에 살 줄 누가 알았을까. 그때 배운 한자를 여기에서 이렇게 써 먹게 될 줄은…… 어

1 2층 가루타 전시실 전경.
2 오래되고 가격대가 나가는
   제품이 전시돼 마치
   박물관처럼 느껴진다.
3 액자에 담긴 식물화.

1
2 3

1 2층 전시실에 진열된 타로 카드,
   전문가용 프랑스 타로인 '그랜드 타로 밸린'.
2 가루타 '오구라 백인일수 가연'.
3 미야자와 겐지의 동화와 시로 만든 목판 가루타.

1 2
3

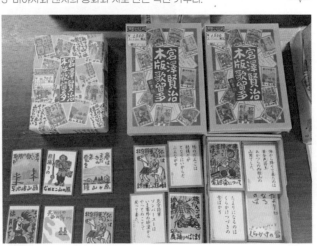

려운 한자를 일본인은 사는 동안 쭉 사용한다. 한자가 없으면 제대로 글을 쓰지도 책을 읽지도 못하는 일본인에게 가루타는 일상생활에서 즐기기 좋은 게임이자 유익한 학습 자료다.

"가루타는 읽고 단시간에 빼앗는 거예요. 오감까지는 아니지만 귀와 눈, 손을 사용해 집중력과 기억력을 키우는 거죠. 무언가 외울 때 어떤 계기를 만들지 않으면 우리는 기억을 잘 못해요. 그런데 가루타 게임을 활용해 간단하게 외우는 방법도 익힐 수 있고, 문장을 외우지 않아도 그림으로 형상화해서 문장을 유추하며 외울 수도 있는 거죠. 표현을 그림과 언어로 익히는 셈이에요."

아이가 처음 히라가나를 배우던 순간이 떠오른다. 만네 살이었는데 글자가 아닌 그림처럼 선만 그려댔더랬다. 설마 자기한테 국어나 다름없는데 못 읽기야 하겠어? 하며 대수롭지 않게 생각하다가 몇 번이나 히라가나를 알려줘도 이해하지 못하는 모습을 보고 부모로서 아이 교육의 어려움을 실감했다. 하지만 프린세스 시리즈 가루타 게임을 접하고는 순식간에 히라가나를 익혀가는 데 깜짝 놀랐다. 몇 시간 만에 글자와 그림으로 언어를 배우게끔 하는 이런 좋은 놀이를 어떻게 이제야 알았는지, 무지한 외국인 엄마가 다시금 반성한 순간이었다.

"지금의 아이들이나 엄마들조차 옛말을 잘 몰라요. 심지어 '개도 쏘다니면 몽둥이에 맞는다'란 속담 뜻도 모르는 사람이 있으니까요. 우쭐대면 혼이 난다 혹은 뭐라도 하면 뜻밖의 행운을 만난다는 의미에요. 저희가 만드는 가루타 시리즈는 속담이나 관용적인 표현을 그림과 함께 익히는 방식인 거죠. 그런데 속담이나 관용 표현은 지역마다 조금씩 다르잖아요. 그게 묘미이기도 하고요. 그래서 아이들이 가루타 게임을 하면서 지역 문화 차이도 알고 재미있게 한자나 관용 표현을 배우게 된답니다."

문화적으로 가장 좋았던 시기가 에도시대라고 하는데, 히라가나를 익히기 위한 수단으로 에도 가루타란 게 존재한다. 오쿠노가루타는 에도 가루타에 속하고, 전통을 계속 이어가는 백인일수가 적힌 가루타는 교토 가루타,

마지막으로 세계적인 비디오게임 기업인 닌텐도의 시초가 된 닌텐도 가루타가 있다. 닌텐도 가루타는 1890년대 처음 제작된 이래 '동물의숲' 같은 게임 캐릭터를 활용한 가루타를 다수 선보여 우리에게 친숙하다. 이 세 가루타는 에도(도쿄)를 중심으로 한 간토와 간사이, 과거와 현대를 넘나들며 일본 언어와 문화에 많은 영향을 주었다.

"초등학생이 손쉽게 사고 즐겨하는 가루타를 만들고 싶어요. 지금은 태블릿이라는 매체로 학교 교육도 하잖아요. 그래서 영상으로 게임할 수 있는 가루타 개발에 힘쓰고 있어요. 오쿠노가루타는 현재 80종이 나오는데, 그중 '일본어로 놀자' 시리즈가 제일 인기가 좋아요. 사자성어부터 백인일수, 어린이에게 전하고픈 명문명구, 명대사, 공룡박사, 동물박사 등 다양해요. 이 외에도 성인 대상으로 와카 가루타를 만드는데, 아버지가 쇼와시대에 기획한 오리지널 레트로 버전과 현대 버전이 있습니다."

쇼와시대 초기에 만들어진 가루타 가운데 '일본 문화를 알자' 시리즈가 있다. 다이쇼부터 쇼와시대에 활약했던 동화작가이자 판화가인 다케이 다케오의 명작 가루타와 같은 시기의 유명 판화가 가와카미 스미오 가루타 등등. 가와카미 스미오 가루타는 서양 트럼프 그림이 대표적이다. ♣는 일본, ◆는 아랍, ♠는 중국, ♥는 서양으로 총 네 가지 테마로 구성되어 개화기 문명 시대에 살았던 가와카미 스미오의 이국적인 세계관이 잘 드러난다는 평가를 받았다. 과거 제작된 가루타를 실물로 보고 싶으면 2층으로 올라가면 된다. 예전에는 2층도 1층처럼 판매 장소로 사용했지만 지금은 전보다 가루타 인기가 좋지 않아 전시관 또는 라쿠고 공연장으로 활용 중이다. 라쿠고는 무대에서 관용 표현이나 말장난을 통해 웃음을 선사하는 전통 예술 공연으로 만담과 비슷하다. 유명 라쿠고를 활용한 라쿠고 가루타를 공연 보러 오는 사람들에게 홍보하기도 한단다.

"진보초에서 서점과 가루타는 종이로 일본 문화와 예술을 알리는 '문화 마을'의 새로운 아이템이에요. 진보초에 오는 손님들은 예술을 사랑하고 관심 있는 사람들이죠. 과거 유명 작가들도 자유롭게 드나들던 길이었어요. 가루

1 오리지널 가루타와 엽서가 가지런히 진열돼 있다.
2 오쿠노가루타 목록집 표지로 꾸민 2층 문.
3 서양 골패의 하나인 도미노, 1만 엔이나 된다.

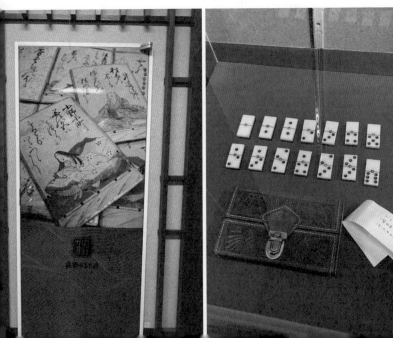

¥10,000

타가 그런 진보초에서 100년 이상 역사를 가지며 자리 잡고 있다는 건 예술가들의 명작과 예술을 알리는 데 일조하고 있단 의미라고 생각합니다."

도모코 대표는 2대인 아버지가 만든 업적을 꾸준히 발전시키는 데 주력하며 일본 아이들의 국어 교육을 위한 사업을 계속하고 있다. 급변하는 영상 문화 속에서 종이 문화 게임인 오쿠노가루타가 앞으로 어떤 미래를 그려갈지 기대된다.

오쿠노가루타점奥野かるた店

주소: 東京都千代田区神田神保町2-26
영업시간: 11시~18시(화~토), 12시~17시(공휴일)
홈페이지: okunokaruta.com
SNS: twitter.com/okunokaruta

도쿄 명물, 진보초의 고서 축제

진보초 고서점 거리에서 매년 10월 마지막 주가 되면 큰 축제가 두 개 열린다. 바로 간다고서축제와 진보초북페스티벌. 각각 야스쿠니 거리와 스즈란 거리로 나뉘어 그야말로 '책의 축제'가 펼쳐진다.

간다고서축제神田古本まつり

간다고서점연맹이 주최하며 2023년 63회를 맞을 정도로 역사가 깊다. 축제 기간이면 야스쿠니 거리를 따라 책수레와 매대가 쭉 늘어서고 100만 권 가까운 헌책이 산더미처럼 쌓이는 진풍경이 연출된다.

진보초북페스티벌神保町ブックフェスティバル

스즈란 거리에 위치한 서점과 출판사가 주최하며 2023년 31회를 맞이했다. 대학 출판부와 지역 출판사까지 참여해 고서와 신서를 판매할 뿐만 아니라 음식 코너가 곳곳에 자리해 볼거리와 먹거리가 풍성하다.

책 사랑, 영화 사랑, 고양이 사랑

네코노혼다나

猫の本棚

진보초 산책의 또 다른 매력, 구석진 곳에 숨겨진 개성 넘치는 공간을 찾아 헤매는 시간은 언제나 즐겁다. 야스쿠니 거리나 하쿠산 거리 같은 큰길에서 벗어나 골목길로 들어서면 아담한 가정집들 사이로 작은 출판사와 서점, 선술집과 카페가 속속 모습을 드러낸다. 하쿠산 거리에서 조금 떨어진 곳에도 색다른 서점이 하나 있다. 적갈색 벽돌과 커다란 남색 문틀이 발길을 잡아끄는 네코노혼다나, '고양이 책장'이란 뜻으로 히구치 나오후미樋口尚文와 미즈노 구미水野久美 부부가 공동 운영하는 셰어형 서점이다. 간판이라곤 가게 앞 바닥에 소박하게 놓인 조그만 입간판이 전부라 카페인가 싶어 그냥 지나칠 수 있으니 주의!

영화감독이자 평론가인 히구치 나오후미, 전 광고 카피라이터이자 공간 플래너로 일하는 미즈노 구미 부부는 어떻게 진보초에 셰어형 서점을 열게 됐을까. '집이라는 공간'을 통해 일본 문화를 알리면 좋겠다는 아내 미즈노 대표의 제안에서 비롯된 에어비앤비가 그 시작이었다. 실제로 외국인들 사이에서 입소문이 나면서 2년 남짓 성황을 누렸지만, 진보초가 있는 지요다구가 지역 조성 정책을 바꾸는 바람에 문을 닫을 수밖에 없었다. 이유는 학교 근처에 외국인이 다니면 치안 문제가 생긴다는 것. 진보초는 대학과 문화가 잘 어우러진, 한국으로 치면 대학로나 마찬가지다. 대학가에 외국인이 많은 건 당연한데, 치안 문제를 들어 에어비앤비를 금지하다니. 부당한 정책처럼 느껴졌다. 미즈노 대표 역시 외국인에게 관대하지 않은 진보초의 보수성을 아쉬워했다. 그녀의 말에 공감하면서도 진보초 고서점 거리가 지금까지 유지된 데는 그런 보수성과 고집 덕분 아닐까 싶었다.

에어비앤비를 그만둔 그들은 진보초에 또 뭔가 새로운 공간을 만들기로 마음먹었다. 그때 떠오른 것이 셰어형 서점. 둘 다 책을 좋아했기에 금세 결정을 내리고 준비에 들어갔다. 서점 오픈까지 걸린 시간은 3년 정도. 가게 인테리어는 전적으로 미즈노 대표가 담당했다. 히구치 대표에 따르면 자신은 그저 서점을 하고 싶다는 생각뿐이었고, 집에서 책을 가져오는 등 몸으로 하는 일만 열심히 했단다.

드디어 2021년 1월 네코노혼다나가 문을 열었다. 하지만 출발은 초라했다. 영화를 제작하면서 인연을 맺은 배

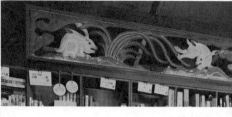

1 배우 양조위의 특별 기사가 실린 도쿄국제영화제의
  데일리 페이퍼 「TIFF TIMES」 너머 히구치 대표.
2 미주노 대표의 감성이 드러나는 에도시대 사찰에 걸려 있던 장식물.
3 히구치 대표는 손님이 오면 푸근한 동네 책방 아저씨로 바뀐다.

우나 작가가 도와주고 그들이 알음알음 소개한 이들이 하나둘 책장을 채워줬지만, 100개나 주인을 찾지 못했다. 그토록 동경하던 진보초에서 서점을 시작했는데 아무도 오지 않으면 어쩌나 걱정하는 나날이 이어졌다. 다행히 몇몇 영화배우가 인스타그램에 사진을 올려주고 영화 잡지 등에 소개되면서 점점 빈 책장은 줄었고 손님은 늘었다.

"어릴 적 부모님을 따라 서점에 자주 갔어요. 커서는 영화감독을 하며 평론가로도 활동하다 보니 글감을 찾으러 진보초에 오는 일이 잦았는데, 그때마다 충족감과 행복감을 맛봤어요. 그래서인지 오래전부터 마음 한구석에 서점을 하고 싶단 꿈이 있었어요. 더해 저처럼 책을 좋아하는 사람에게 책을 판매할 기회를 주고 싶었죠. 당연히 장소는 50년 넘게 기분 좋은 추억을 쌓은 진보초였고요. 다만 메인 거리가 아닌 한적한 곳에 자리해 누구나 편하게 오가는 가게였으면 했어요. 전통성을 중시하는 진보초 한복판에서 셰어형 서점이란 새로운 실험을 하는 게 좀 걱정됐거든요."

진보초답지 않은 셰어형 서점

　문을 열고 들어가자마자 벽면에 블록처럼 차곡차곡 쌓인 170개 책장이 반갑게 맞이하는 네코노혼다나. 우리가 흔히 칼라박스라 부르는 1단짜리 원목 책장은 셰어형 서점을 표방하는 만큼 저마다 주인이 다르다. 책장은 가로 30cm, 세로 35cm로 높이가 넉넉한 편. 그림책이나 사진집 같은 판형이 큰 책까지 자유자재로 꽂을 수 있도록 한 배려가 돋보인다. 책장을 빌린 사람을 '선반주'라고 부르는데, 히구치 대표처럼 다들 본업은 따로 있다. 입회금 11,000엔에 책장 하나당 월 임대료가 4,400엔이라 서점 주인을 꿈꾸는 사람이라면 부담 없이 빌려 자신이 좋아하는 책으로 꾸미기에 제격이다. 서점명은 물론 장르나 가격도 자기 관심사와 취향에 따라 자유롭게 설정하기에 하나하나 개성이 흘러넘친다. 찬찬히 구경하다 보면 선반주는 어떤 사람일까, 궁금해질 정도다. 선반주는 이름을 들으면 알 만한 영화감독이나 배우, 작가부터 회사원이나 주부까지 다양하다. 신청은 선착순, 이미 다음 선반주를 희망하는 문의가 많아 예약이 꽉 찬 상태라고.

　미즈노 대표의 탁월한 안목과 솜씨가 발휘된 인테리어

1 히구치 대표가 꾸민
   영화감독 기획 책장인
   오시마 나기사 문고.
2 오모리 가즈키 문고.
3 아오야마 신지 문고.

{ 1 2
  3 }

도 눈여겨볼 만하다. 모든 공간이 전부 그녀의 아이디어로 완성됐다. 천장에 달린 60년 된 프랑스제 엔틱 샹들리에와 160년 전 사찰 미닫이문 위에 붙어 있던 벽면 장식이 한 공간에 자리하다니! 매장 가운데 놓인 큼지막한 진갈색 테이블 역시 골동품이다. 뭔가 이질적인 조합 같지만 특수 제작한 원목 책장과 한데 어우러져 살롱 같은 따스한 세련미를 뽐낸다. 들어서는 순간 처음 들어간 장소인데도 "어서 오세요"라고 환영하는 듯해 마음이 스르르 녹아내린다.

중앙 테이블은 팝업 스토어처럼 일정 기간 한 주제 또는 선반주가 제안하는 장르로 책과 소품을 진열하는 식으로 운영된다. 애묘가로 유명한 이누도 잇신 감독이 고양이와 보내는 일상을 찍은 스냅사진과 함께 관련 책과 굿즈를 전시하거나 영화배우 아키요시 구미코가 문학부터 종교에 이르기까지 그녀의 지적 호기심이 엿보이는 애독서 50권을 골라 선보이기도 했다. 선반주도 내용과 기간을 상담해 무료로 쓸 수 있기에 매번 다른 색깔로 테이블이 꾸며진다.

외딴곳에 위치한 네코노혼다나가 입소문을 타며 꾸준

히 손님을 불러 모은 데는 진보초에 처음 생긴 셰어형 서점이란 타이틀 덕도 있지만, 히구치 대표의 유명세도 한몫했다. 중학교 시절부터 8밀리 영화를 제작하던 그는 1979년 「게릴라가 되려던 사나이」로 일본영상페스티벌 특별상을 수상하며 어린 나이에 영화계에 뛰어들었다. 이후 「인터미션」, 「장례식의 명인」 등을 선보이며 타이베이영화제를 비롯해 여러 국제영화제에 초청됐다. 전주국제영화제와 부산국제영화제에도 작품을 출품한 적 있다고. 아울러 광고 디렉터와 영화 평론가로도 활동하는데, 「기생충」과 「브로커」를 보고 남긴 영화평을 한국 신문에서 인용하기도 했다.

김대중 대통령을 좋아하고 한국 영화를 사랑한다는 히구치 대표의 영향일까. 재일교포 출신 영화인과 예술인이 꾸민 책장이 심심찮게 눈에 들어왔다. 또 한국어로 된 책이 진열된 책장도 몇 개 보였다. K-POP 문화 관련 책자를 모아 전시한 '보자, 코리아' 책장, 한국어 공부에 한창인 대학교수가 한국어 그림책을 내놓은 '고양이와 잉크' 등등. 반가운 마음과 뿌듯한 마음이 교차하는 순간이었다. 물론 일본 영화인들의 책장도 빼놓을 수 없다. 선풍적

1 곳곳에 놓인 고양이 소품이 서점의 정체성을 보여준다.
2 로고가 그려진 오리지널 에코백과 간판.
3 집에서 키우는 메이쿤 고양이 '도라'가 모델인 서점 로고.
4 미즈노 대표의 손길이 닿은 고양이 코너의 아기자기한 엽서.

1 2
3 4

인 인기를 끌었던 울트라맨 시리즈에서 초대 히로인을 연기한 사쿠라이 히로코, 이준기가 출연한 한일 합작 영화인 「첫눈」의 각본가인 반 가즈히코 등이 자기 이름으로 책장을 빌려 운영 중이다.

서점지기인 부부의 취향이 반영된 책장은 입구 좌우에 나란히 있다. 우선 오른쪽에 히구치 대표의 영향으로 오시마 나기사, 아오야마 신지 같은 영화감독 기획 책장과 『키네마준보』, 『영화평론』이 놓인 영화 잡지 책장이 자리한다. 특히 「감각의 제국」으로 유명한 오시마 나기사 감독이 생전 읽던 장서를 후지사와 자택에서 직접 가져와 진열한 책장은 그야말로 영화광에게는 더없이 좋은 선물. 새로운 실험과 날카로운 주제 의식이 빛나는 작품으로 일본 영화사에 큰 획을 그은 거장인 만큼 전 세계 영화 관계자들이 자료를 보기 위해 먼 걸음을 마다하지 않는다.

미즈노 대표의 고양이 사랑이 고스란히 전해지는 고양이 서가는 왼쪽. 4단 선반에 고양이 그림이 그려진 엽서와 스티커, 머그잔과 접시, 인형과 에코백이 가지런히 놓여 있다. 이뿐만 아니라 매장 군데군데에서 고양이 소품과 그림을 마주한다. 집에서 키우는 메이쿤 고양이 '도라'를 본떠 디자인한 캐릭터 로고는 이곳의 상징이다. 호기심 어린 눈동자에 빨간 리본을 목에 두른 채 앙증맞은 자태로 입간판은 물론 에코백이나 메모지에 그려져 모델 노릇을 톡톡히 한다. 매출 일부를 고양이 보호 활동에 기부한다는 그녀는 언제부터 고양이를 좋아하게 됐을까. 어릴 적 미국에서 살던 시절, 동양인으로서 외로움이 컸는데 그 마음을 고양이가 달래줬다고. 고양이만의 독립성과 유대감은 이곳의 성격이기도 하다.

책을 통해 이어지는 커뮤니티를 꿈꾸며

네코노혼다나는 서점이란 형태를 취하긴 해도 꼭 책만 놓아야 한다는 규칙은 없다. 영화 팸플릿이나 DVD, CD, 핸드메이드 소품으로 책장을 채워도 상관없다. 편안한 분위기에서 자연스럽게 비슷한 취향을 가진 선반주끼리 혹은 선반주와 고객이 공통 테마를 중심으로 커뮤니티를 형성하길 바라기 때문이다. 그들은 최대 10명까지 수용 가능한 가게에서 간이 의자를 놓고 독서회나 낭독회를 열곤 한다. 커뮤니티 안에서 서로 관심사를 공유하며

1 2
3

1 특촬물 아트북이 꽂힌
   mayoko의 방.
2 캐릭터 북엔드와 함께 꾸민
   스기노 키키.
3 울트라맨 관련서를 진열한
   사쿠라이 히로코.
   책장마다 선반주의 독특한
   취향이 드러난다.

이벤트를 기획하고 새로운 무언가를 재창조하는 공간이 부부가 꿈꾸는 서점이다. 조용히 책을 보고 사진을 찍고 다른 손님에게 피해가 안 될 만큼 주인과 간단한 담소를 나누는 곳, 낯선 책이나 다른 문화를 자연스레 접하고 싶은 이라면 한번 가보길.

"얼마 전 잡지 인터뷰를 하는데, 왜 영화감독이 서점 주인이 됐는지를 묻더군요. 영화를 만들려면 100명 가까운 스태프가 필요합니다. 감독이 전체 그림을 그리고 총괄하지만, 결국 스태프 한 명 한 명이 한껏 재능을 펼쳐야 좋은 작품이 나와요. 셰어형 서점도 마찬가지예요. 저희는 선반주에게 취향을 맘껏 드러낼 놀이터를 제공하고, 선반주는 저마다 다른 소소한 이야기를 만들어가는 거죠. 영화감독이나 서점주나 오케스트라의 지휘자처럼 방향을 제시하는 게 중요합니다."

서점 주인과 영화감독의 역할이 같다는 히구치 대표의 말에 나도 모르게 그렇네요, 라고 맞장구를 쳤다. 서점 운영에서 수많은 책을 정리하고 관리하는 일도 어렵지만,

서가를 무슨 책으로 꾸밀지 지휘하고 손님과 어떤 커뮤니케이션을 취할지 조율하는 일도 무척 까다롭다. 특히 셰어형 서점은 다양한 선반주가 참여하는 만큼 각각 특색이 있으면서도 통일성과 균형감 있는 매장을 연출해야 한다고.

네코노혼다나는 요 몇 년 사이 한국뿐만 아니라 여러 나라 매스컴을 통해 해외에도 꽤 알려졌다. 처음 방문했을 때는 영화 관련 사람들이 주로 찾는다고 얼핏 들었는데, 지난해 5월 인터뷰를 진행할 무렵에는 적지 않은 해외 관광객을 볼 수 있었다. 얼마 전에 견학하러 왔다는 충남 금산 관계자들이 선물로 준 홍삼 말린 간식을 내게 건네기도 했다. 부부는 손님이 늘어 기쁘긴 하지만 관광지를 구경하듯 시끌벅적함이 생길까 봐 조금 걱정하는 눈치였다.

요즘 진보초는 레트로 유행에 따라 10대나 20대가 즐겨 찾고 SNS에 사진이 매일같이 올라온다. 서점에서 책을 펼쳤다 닫았다 하며 사진만 찍고 나가는 사람도 더러 있다. 책을 읽거나 사지도 않은 채 사진 촬영만 열심인 세태에 아쉬움을 토로하면서도 히구치 대표는 인터뷰 내내 종이책의 생명력과 가치를 강조했다. 그의 말마따나 아무리 종이책이 멸종 위기를 맞았다지만 진보초에는 반세기 이상 한자리를 지키는 오래된 서점과 책을 찾아 하루 종일 발품을 파는 손님이 다수 존재한다. 종이책보다 전자책이 익숙할 성싶은 고등학생이 선반주가 되겠다고 이 셰어형 서점을 찾아오는 한 종이책의 미래는 그렇게 어둡지 않으리라.

히구치 나오후미 대표와
미즈노 구미 대표

네코노혼다나猫の本棚

주소: 東京都千代田区西神田2-2-6-102
영업시간: 14시 30분~19시 30분(목-일)
홈페이지: nekohon.tokyo
SNS: instagram.com/catsbookshelftokyo

진보초 레트로 건축 산책

도쿄 간다 진보초는 세계에서 유례를 찾기 힘든 거대한 '책 거리'다. 130여 개 고서점이 줄지어 늘어선 데다 저마다 다른 전문서를 취급한다. 서점 하나하나가 마치 책장 같은 역할을 해서 마을 전체가 하나의 커다란 도서관을 이룬다.

나는 진보초에 살며 근처 작은 출판사에서 일하는 한편 개인적으론 이곳을 좋아하는 사람들과 함께 『오산보 진보초おさんぽ神保町』라는 무가지를 발행한다. 진보초 팬에

의한 진보초 팬을 위한 책자로, 올봄 진행한 기획이 바로 '레트로 건축에서 점심을'이란 특집 기사다.

1877년 도쿄카이세이학교가 있던 자리에 도쿄대학이 창립한 것을 계기로 메이지대학, 주오대학, 호세이대학, 니혼대학, 센슈대학 등 많은 대학이 진보초에 모여들었다. 교수가 수업에서 사용한 교과서인 전문서를 학생들이 사고팔면서 책 거리가 형성됐다. 1923년 간토대지진으로 건물이 대부분 붕괴되고 일대는 불탄 벌판이 됐지만, 이후 빠르게 부활하며 재해 부흥 건축과 간판 건축이 세워졌다. 2차 세계대전 때 공습을 피한 덕에 진보초 고서점 거리에는 멋스러운 레트로 건물이 잔뜩 남았다.

레트로한 분위기에 반해 젊은이들을 비롯해 남녀노소가 찾아온다. 진보초의 또 다른 매력이다. 하지만 요사이 재개발 바람이 불면서 그 건물이 하나둘 허물어져 간다. 살을 에는 듯한 심정임에도 무력한 내가 할 수 있는 일은 지금 현존하는 건물을 눈에 새기고 기록을 남겨두는 정도다. 그 순간을 공유하고 싶어 특집 기사에 실린 경로를 따라 걷는 '진보초 레트로 건축 산책'을 기획, 답사했다.

코로나 팬데믹으로 잠시 중단됐던 이 투어가 재개된

1 학사회관 외관.
2 아치형 이맛돌.
3 외벽 스크래치 타일.

계기는 학사회관의 재개발이다. 국가유형문화재로 등록된 역사 깊은 건물마저 지역 재개발 계획에서 예외는 아니다. 일반인 이용은 2024년 12월 말까지다. 도쿄대학 발상지에 세워진 학사회관은 옛 제국대학(도쿄대, 교토대, 나고야대, 도호쿠대, 홋카이도대, 규슈대 등 7개 대학의 전신) 졸업생이 모이는 살롱으로 동창회 '학사회'에 의해 설립됐다. 니혼바시 다카시마야와 제국호텔 신관 등을 설계한 다카하시 데타로가 만든 구관(1928년 준공)과 뒤편 5층짜리 신관(1937년 증축)은 당시 유행하던 못으로 긁은 듯한 세로 홈이 새겨진 '스크래치 타일'로 벽면을 마무리했다.

학사회가 1913년 지은 초대 회관은 그해 간다대화재로 소실됐다. 재건하려고 1923년 9월 1일 기초 공사를 개시할 예정이었지만, 기이하게도 그날 간토대지진이 일어나 연기됐다. 그 경험을 바탕으로 설계를 재검토해 1928년 재해 부흥 건축으로 당시만 해도 매우 드문 철골철근콘크리트로 건설했다. 기초 지반 공사에 20m 넘는 미송 통나무 700여 그루를 박은 뒤 그 위에 콘크리트를 부어 넣어 견고함을 더했다.

내부 투어는 사와다 히로시 총지배인에게 직접 안내받

$\left\{\begin{matrix}1\\2\end{matrix}\right.$

1 학사회관 201호실.
2 학사회관 층계참 창문의
  스테인드글라스.

앉다. 드라마 「한자와 나오키」의 무릎 꿇는 장면으로 유명한 201호실 등 탄식이 절로 나오는 호화롭고 격조 높은 실내를 아낌없이 보여줬다. 좀 더 자세한 사항은 검토 중이나, 향후 본관은 해체하지 않고 그대로 자리만 옮겨 내진 공사한 뒤 미래를 위해 보존할 계획이다. "다음 100년을 위한 재개발입니다"라는 사와다 총지배인의 말에 마음이 시렸다. 2029년 여름쯤 준공될 예정이다.

학사회관을 나와 맞은편 공립강당을 올려다본다. 이 강당을 소유한 공립여자대학의 전신은 공립여자직업학교로 1886년 창립됐다. 강당은 1938년 준공되어 히비야 공회당에 버금가는 음악 공연의 메카로 자리매김했다. 그레이프, 요시다 다쿠로, 앨리스 등 수많은 콘서트가 열렸다. 여러 차례 내진 공사를 실시한 끝에 2003년 지요다구 경관 거리 조성 중요 물건으로 지정됐다.

다음 향하는 곳은 사쿠라 거리에 있는 야마가타야카미점. 1879년 창업한 노포로 일본 종이 전문점이다. 매장에 죽 늘어선 산뜻한 색채에 아기자기한 일본 종이 소품이 먼저 눈에 들어오지만, 이곳에서 봐야 할 건물은 1912년 지은 가게 뒤편 벽돌 창고다. 1913년 일어난 간다대화

1 공립강당 외관.
2 1938년 준공 당시 공립강당.

재, 간토대지진, 도쿄대공습을 견뎌내고 지금도 전국에서 보내오는 손으로 뜬 일본 종이를 보관한다. 창고 안을 한 번 들여다봤는데, 천장 들보에 먹글씨로 "다이쇼 원년 9월 길일 다키 씨"라고 창고를 세운 연도가 적혀 있었다. 에도시대 진보초에 무가 저택이 줄지어 들어서는 가운데 근처에 무사 진보 나가하루가 소유한 대저택이 있었다. 그 대저택 앞을 지나는 골목길에 '오모테진보'라는 이름이 붙었다. 이것이 '진보초'라는 이름의 유래로 여겨진다. 종이 전문점 자리가 바로 그 저택의 터다.

사쿠라 거리를 벗어나면 큰길 건너편으로 운치 있는 장어집 이마쇼가 보인다. 간판 건축 요소에 일본식과 서양식을 절충한 독자적인 디자인을 가미한 희귀 건물이다. 신사 지붕 같은 맨 윗부분 형상을 치도리 박공이라 한다. 3층 창틀 위에 장식한 개구리 모양 조각은 도다이지나 호류지 등 유서 깊은 일본 사찰 건축에서 많이 보이는 들보를 지탱하는 구조물이다. 지진 재해 부흥 구획 정리에서 처음 등장한 가로모따기(교차로에서 회전을 원활하게 하려고 부지의 모서리를 깎는 방법)를 활용한 정면 외관이 인상적. 1933년 창업한 이래 가족 대대로 경영하며 옛날 스타일

야마가타야카미점 뒤편
벽돌 창고.

을 고수한다. 낮에만 영업하며 재료 매진 시 종료, 건물뿐 아니라 맛도 일품이다.

드디어 진보초 고서점 거리인 야스쿠니 거리다. 고서점이 즐비한 큰길을 따라 걷다 보면 1918년 창업한 야구치서점이 나온다. 외벽 책장에 연극, 영화, 시나리오 등이 가득 꽂힌 1928년 지은 3층짜리 목조 점포는 진보초 고서점가 풍경을 당당하게 특징짓는다. 진보초를 대표하는 간판 건축으로 콘크리트처럼 보이지만 사실 목조로 된 건물이다. 간판 건축이란 방화나 보기 좋은 외관을 위해 정면을 간판 삼아 장식에 공들인 점포 딸린 목조 주택을 말한다.

이어 위풍당당한 철골철근콘크리트 구조의 5층짜리 고서점 잇세이도서점이 나타난다. 간다대화재와 간토대지진을 경험한 뒤 탄탄하게 지었다. 작은 흰색 타일과 녹색 창틀과 조명 기구의 대비, 세련되고 재미있는 벽면 장식. 심플하면서도 중후한 외관과 서점 안 분위기가 어우

장어집 이마쇼.

러진, 격식 높은 진보초 제일의 고서점이다. 안으로 들어가기 앞서 위를 올려다보면 스테인드글라스에 마음이 풍성해진다. 매장 바닥은 대리석, 2층으로 이어지는 계단과 램프는 아르데코풍. 계단을 올라가면 서양서, 일본서, 미술서가 한가득이다. 유리 케이스 너머 실로 꿰맨 선장본 그림책의 부드러운 질감과 아름다운 일본화에 감탄이 절로 나온다.

잇세이도서점 앞에도 점포 겸 주택이 남아 있다. 지진 재해 후 부흥 사업으로 1929년 건설된 점포 겸 주택인 11채 연립주택 중에 마지막 1채다. 준공 때의 모던한 분위기는 아쉽게도 더는 찾아볼 수 없지만, 도머(지붕에 작은 공간을 마련해 설치하는 창문)에서 당시 모습을 느껴본다.

야스쿠니 거리에서 스즈란 거리로 가는 도중 만나는 옛 쓰루야양복점. 지금은 쇼와 레트로 잡화 등을 취급하는 가게로, 예전에는 양복점이었다. 역시 간판 건축으로 옆면에 주택 분위기가 남아 정면과의 차이가 흥미롭다. 쇼와 일왕 즉위식이 거행된 1928년에 즉위를 앞두고 지어졌다. 50전을 반으로 자른 아치형 대형 돌출 간판이 상징이었는데, 현재는 안전을 위해 직접 만든 미니 간판으로 바꿔 달았다. 원래 돌출 간판과 같은 공법으로 만든 미니 간판은 목재에 칼집을 내서 곡선을 만들고 함석을 덮어씌운 뒤 페인트로 글씨를 쓴 역작이다.

그 뒷골목에는 복고풍 샹송 다방이 있다. 1949년 창업한 라도리오는 스페인어로 벽돌이라는 뜻. 벽과 바닥까지 벽돌로 된 이 다방을 표현하는 이름이다. 건물 양식은 기둥과 들보 등 뼈대를 숨기지 않고 밖으로 노출한 뒤 그 사이사이를 벽돌 등으로 메워 벽을 만든 하프 팀버링. 준공된 1948년 무렵 일본에서 유행하던 북유럽 건축법이

다. 벽돌은 당시 오지 조폐국에서 구입한 헌것이며 촘촘한 장식, 계산대 안 붙박이 나무 문짝, 선반 가장자리 공들여 꾸민 조각이 멋스럽다. 비엔나커피를 처음 선보인 찻집으로 유명하다. 학생운동이 한창이던 시절, 대학생들이 오랜 논쟁을 벌이는 동안 생크림이 뚜껑을 대신해 커피가 식지 않아 자주 마셨다고.

진보초에서 가장 번화한 스즈란 거리 역시 레트로 건축물이 가득한데, 그중 꼭 소개하고픈 곳은 화구 전문점 분포도다. 윤곽이 뚜렷한 아르데코풍 외벽이 인상적인 건물로 1922년 당시로는 희귀한 철근콘크리트와 내화벽돌로 지은 덕에 이듬해 간토대지진 때 주변 건물 대부분이 소실됐음에도 내부만 불에 타며 붕괴를 면했다. 1990년 지역 주민과 더불어 지요다구의 요청을 받아들여 색을 덧칠하고 깨진 벽을 수선하는 등 특수 공법으로 외벽을 보존한 채 리모델링했다.

간토대지진으로부터 100년이 지난 진보초, 그 시절을 상상하며 걸어본다. 레트로 매력이 가득한 진보초지만 거리 경관은 나날이 변해가니, 언제까지나 곁에 있을 수 없음을 느낀다. 늦기 전에 많은 사람이 눈에 담고 기억에 새기길 바라 마지않는다.

이시카와 게이코石川恵子『오산보 진보초』편집장

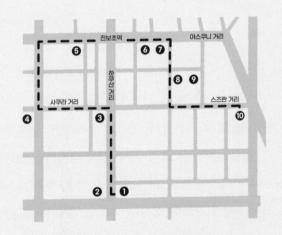

① 학사회관学士会館(1928년)　② 공립강당共立講堂(1938년)
③ 야마가타야카미점山形屋紙店(1912년)　④ 이마쇼今荘(1933년)
⑤ 야구치서점矢口書店(1928년)　⑥ 잇세이도서점一誠堂書店(1931년)
⑦ 오쿠보서점大久保書店(1929년)　⑧ 옛 쓰루야양복점元鶴谷洋服店(1928년)
⑨ 라도리오ラドリオ(1948년)　⑩ 분포도文房堂(1922년)

큰 진보초, 작은 진보초

'큰 진보초'와 '작은 진보초' 이야기를 하고 싶다. '큰 진보초'란 세계 최고의 책 거리라 불릴 만한 서점 수와 오랜 역사, '작은 진보초'란 한 사람 한 사람과 얽힌 즉 개인과의 관계성이다. 이 큰 이야기와 작은 이야기를 솜씨 좋게 엮으면 진보초의 정취는 더욱 깊어지리라 믿는다.

문을 연 지 100년 넘은 서점이 많다

먼저 큰 진보초. 진보초의 역사와 매력을 연구하는 미

국인 지인은 처음 진보초에 갔을 때 동네 전체가 하나의 거대한 서점 같다고 생각했단다. "서점 한 곳 한 곳은 거대한 서가, 골목길은 서가에서 서가로 이동하는 통로. 책구경하다 지치면 커피 한잔 마실 가게, 음식과 술이 맛있는 가게. 책을 좋아하는 사람에게는 그야말로 꿈의 마을이지. 미국에도 세계 어디에도 없어. 한번은 가보는 게 좋아, 미국에 돌아갈 때마다 사람들에게 권한다고. 물론 한번만으론 다 볼 수 없지만."

서점 수는 정보원에 따라 다르다. 진보초 공식 사이트인 북타운 진보BOOKTOWNじんぼう에는 "고서점과 신간 서점을 합쳐 130개 이상", 2023년 11월 발행된 진보초 특집 책자에는 "고서점만 170~180개"라고 소개되어 있다. 어느 쪽이든 전성기보단 줄어든 숫자지만, 세계에서 서점이 가장 많은 마을인 건 맞다.

역사도 무척 길다. 진보초역에서 도보로 몇 분 거리에 있는 도쿄대학 발상지. 일본 근대화의 시작은 에도시대에서 메이지시대로 막 접어드는 무렵(1868년)인데, 그 얼마 전에 도쿄대학의 전신이 되는 학교가 이곳에 세워진다(현재는 분쿄구 혼고). 여전히 근처에 자리한 센슈대학, 공립여자대학, 메이지대학 등이 메이지시대에 개교하거나 현재 위치로 이전한다. 대학생이 늘어나자 마을에 책 파는 가게가 들어선다. 특히 고서점이 속속 생긴다. 다 쓴 교과서를 사들여 신입생에게 팔기 위해. 일본 각지 서점가의 기원을 기록한 『동서서사가고』(와키무라 요시타로, 이와나미서점, 1979)에 1877년 개업한 유시카쿠有史閣라는 고서점이 간다 서점가의 시작이라고 적혀 있다. 유시카쿠는 2년 뒤 유히카쿠有斐閣로 이름을 바꾸고 출판업에도 뛰어든다. 곧 창업 150년을 맞는 유히카쿠는 진보초에 지은 건물에서 지금도 출판업을 한다.

진보초에는 100년 이상 전에 문을 연 서점이 수두룩하다. 산세이도 진보초 본점(1881년), 도쿄도서점(1890년) 같은 신간을 취급하는 대형 서점도 유명하지만, 유럽과 미국의 고서 전문인 기타자와서점(1902년), 중국을 중심으로 아시아 서적이 전문인 우치야마서점(1917년) 등 전문점도 많다. 일본 전통 예능인 '노'를 전문으로 하는 히노키서점은 무려 에도시대 초기인 1659년 교토에서 창업해 1917년 진보초 근처로 옮겨온다. 작은 건물 위층에 자리해 눈에 띄진 않아도 한결같이 독자에게 사랑받는 노포

1 사쿠라 거리에 위치한 유히카쿠.
2 서양 서적 전문인 기타자와서점.
3 중국 도서가 적힌 우치야마서점.

{ 1
  2 3

도 빼놓을 수 없다.

작은 진보초는 개인적 경험 가운데 진보초 소개로 이어지는 에피소드를 풀어볼까 한다.

가난한 학생이 드나들던 거리

내가 진보초를 처음 의식한 것은 대학 시절이었다. 그렇다고 전공하던 문예 관련 책을 찾으러 가지도, 키르케고르의 『죽음에 이르는 병』을 읽고 인생의 절망에 대해 생각하며 철학 전집을 사러 가지도 않았지만.

"이시바시! 오늘 드디어 찾았어!"

어느 날 밤, 고등학교 1학년 때부터 친구인 야마다가 내 얼굴을 보자마자 큰 소리로 외쳤다. 당시 주연한 TV 드라마가 대박이 난 젊은 여배우가 몇 년 전 그다지 주목받지 못하던 데뷔 직후 출간한 화보집을 손에 든 채였다. 누드 사진은 실려 있지 않지만 수영복 차림 사진이 많아 남자들에게 인기가 높았다. 이미 일반 서점에는 재고가 없었고 고서점에서조차 구하기 힘든 책이었다.

야마다는 친구들 가운데 문학과 록에 가장 익숙하고

박식하며 탐구심이 강했다. 그리고 그 여배우의 열렬한 팬이었다. 화보집을 찾기 위해서만이 아니라 그는 강의 후 또는 아르바이트 후 틈만 나면 잠깐이라도 진보초를 돌아다니는 것이 습관이었다.

"갖고 싶은 보물은 언젠가는 꼭 만나게 된다니까."

매일의 노력이 열매를 맺어 야마다는 진심으로 만족스러워 보였다.

"대단한걸, 근데 얼마 주고 샀어?"

"2만 8천 엔."

"뭐?"

놀라서 할 말을 잃은 나를 보자 야마다는 살짝 겸연쩍은 얼굴을 했다. 쭉 찾고 있었어, 발견했으니 살 수밖에 없었다고, 작은 목소리로 말했다. 평소 야마다는 부모님이 식비를 보내오는 며칠만 식생활이 넉넉한 하루하루를 보냈다. 그 뒤는 즉석 라면만 먹었다. 가난한 학생 야마다에게 2만 8천 엔을 내게 하다니, 진보초라는 마을이 무서워졌다. 이후 나도 가끔 진보초에 갔다. 야마다처럼 큰돈을 쓸 용기도, 그렇게까지 해서 갖고 싶은 책도 없었지만 대학 동아리에서 잡지를 만들어 참고삼아 옛 잡지를 보러

다녔다. 고교 시절 통학로에 있던 헌책방에서 3권에 100엔 하는 문고본을 사는 정도였으니 커다란 성장이었다.

고서 하면 철학, 문학, 예술 등의 학술서나 우키요에 같은 역사적 가치가 높은 책을 떠올리는 사람이 많을지도 모른다. 진보초 고서점 거리에는 모든 분야의 책이 있다. 야마다가 산 연예인이나 아이돌 화보집에 강한 서점, 포르노 소설이 전문인 가게, 농업, 스포츠, 음악, 고양이 책…… 여하튼 갖가지 전문 서점이 즐비하다. 그러니 진보초에 오면 살짝 저속한 책과 화려한 컬러 잡지 따위가 진열된 가게를 한번 들여다보길 바란다. 일본 출판물은 전반적으로 규제가 느슨해 다양하게 간행됐으며 분야마다 독자가 존재한다. 일본 출판 역사를 한눈에 알 기회다.

공부가 부족하면 상대조차 해주지 않는 곳

대학 졸업 후 얼마 지나지 않아 출판사에 취직했다. 직원은 서너 명, 그마저도 월급이 적어 대부분 들어온 지 몇 달 안에 그만두는 작은 회사였다. 책은 사장 혼자 만들었고, 나는 영업을 맡았다. 전국 서점을 돌아다니며 출간된 책을 되도록 많이 주문받는 게 일이었다. 진보초 서

1 고서적과 고문헌이 빼곡한 책장.
2 패션지가 진열된 마그니프의 쇼윈도.
3 미술서 전문점 야마다서점의 포스터.
4 문학부터 인문까지 아우르는 매대.

```
{ 1  2
  3  4
```

점에도 영업하러 다녔다. 온갖 출판사에서 영업 사원이 찾아오는 동네라, 매장에서 눈에 띄는 곳에 책을 배치받기란 쉽지 않았다. 특히 경험이 부족한 젊은 영업 사원은 좀처럼 안 됐다. 유독 긴장되는 서점이 있었다. 인문서, 사회서, 문학서를 충실히 갖춰 유명 작가도 드나들며 책을 사 모은다는 서점이었다.

직원은 책에 대해 빠삭한데, 이쪽은 공부가 부족하면 상대조차 해주지 않는 곳이 진보초다. 입사 1년 차, 두 번째로 방문했을 때의 일이다. 다음 달에 발매되는 신간 주문을 받으려고 문학서 담당자에게 말을 걸었다. 주문 권수를 써넣는 빈칸이 인쇄된 전단을 내밀며 신간을 설명하자 당신네 출판사는 몇 년째 팔리지 않는 책만 내놓는다, 내용도 좋지 않다, 이 책 역시 전단만 봐도 잘 안될 게 뻔하다며 큰 소리로 비판했다. 그러고는 더 이상 오지 말라며 내 앞에서 전단을 짝짝 찢어 바닥에 버렸다.

어안이 벙벙했다. 전단 쪼가리를 주우며 화가 치밀어 다시 오겠습니다! 하고 되받고는 가게를 나왔다. 밖으로 나와 걸어가다가 마음을 고쳐먹고 가게로 되돌아갔다. 그 담당자에게 뭐라 따질 용기가 없어 첫 번째 방문 때

만난 인문서 담당자에게 사정을 설명했더니 저 사람이 좀 괴팍해, 신간은 내가 맡을게, 라며 주문 권수를 적어 줬다.

다른 서점에 가도 다른 동네에 가도 손님이 있는 가게 안에서 당한 굴욕이 잊히지 않았다. 하지만 냉정을 되찾자 그 직원의 말이 마음에 걸렸다.

"당신네 출판사는 새로운 편집자를 들이지 않으면 안 돼."

전단을 찢어 던진 뒤 그렇게 말했다. 내가 다니던 출판사는 과거에 베스트셀러를 낸 적도 없었고 신문이나 잡지에 서평이 실리는 일도 적었다. 그런데도 그 직원은 어떤 책이 출간됐는지, 팔림새가 어떠했는지를 기억했다. 내용도 다 알았다. 따라서 자신 있게 비판을 쏟아냈다. 어쩌면 그에게 배울 게 많을지도 모른다고 생각했다.

진보초를 둘러본 사람에게서 서점 직원이 상냥하지 않다, 말 걸기 어렵다, 라는 감상을 종종 듣는다. 사실 나도 그렇게 느낄 때가 있다. 진보초 서점을 두둔할 마음은 없지만, 관광지 기념품 가게 같은 미소와 호객만이 손님을 위한 서비스는 아니다. 매일 대량으로 책을 사들여 판매하는 작업을 거듭하는 서점지기의 찡그린 얼굴 속에 숨겨진 풍부한 지식과 지독한 프로 의식을 엿보는 것도 진보초 서점을 음미하는 방법이다. …… 음, 역시 두둔하는 건가.

책의 흐름이 보인다

20대 후반부터는 취재차 진보초에 가는 일이 늘었다. 출판 전문지 기자가 됐기 때문이다. 진보초에는 서점만이 아니라 쇼가쿠칸과 슈에이샤, 나쓰메 소세키의 『마음』(1914년)을 내며 출판업을 시작한 이와나미서점 등 자사 건물을 보유한 대기업부터 1인 기업까지 수많은 출판사가 자리한다. 이 외에도 종이 전문점, 작은 인쇄소, 제본소, 북디자이너 사무실까지. 중개상이라고 하는, 출판사에서 책을 매입해 서점에 납품하는 도매상도 있다. 밖에서 책이 진열된 책장이 보이는데도 입구에 "일반인에게는 팔지 않습니다"라고 적힌 가게 말이다. 지금은 줄어 10곳 정도지만, 고단샤 책 조달에 능숙하거나 만화를 꼼꼼히 갖추는 식으로 저마다 특색을 자랑한다.

고서 유통 거점인 도쿄고서회관. 고서점조합에 가입한

서점주가 한데 모여 '시장'이라 불리는 고서 교환회를 개최한다. 고서점은 가게에서 손님한테 책을 사들여 손님에게 팔 뿐만 아니라 자기들끼리 서로 사고팔며 매출을 올리거나 껴안은 재고를 처리한다. 한 권의 책이 만들어져 서점에서 판매되고 그것이 고서점으로 매입되어 다음 독자, 다음 고서점으로 넘어간다. 진보초는 그 과정을 실제로 보고 느낄 수 있는 마을이다. 일반인이 들어갈 수 없는 곳도 있긴 한데, 수많은 서점에서 수많은 책이 팔리는 겉모습뿐만 아니라 건물 안에서 업자끼리도 거래가 이뤄지는 동네임을 알아두면 눈에 들어오는 풍경이 달라지리라.

시바타 신의 마지막 수업

40대에 접어들어 나는 프리랜서 작가로 단행본을 내거나 잡지에 긴 글을 연재했다. 취재 방식도 신문기자 시절과 달라졌다. 이와나미북센터라는 서점이 있었다. 원래 1913년 이와나미서점이 창업했는데, 1970년대 말 점장으로 일하던 시바타 신이 2000년 소유권을 넘겨받아 2016년까지 운영했다. 1930년생인 시바타 선생은 중학교 교사 등을 거쳐 35세에 서점 직원이 됐고 이윽고 진보초에

와서 1990년 지금도 이어지는 책 축제 '진보초북페스티벌'을 출판사와 서점 사람들과 함께 시작했다.

진보초의 장로로서 많은 이에게 사랑받던 시바타 선생에게 자신의 반생과 서점론을 듣게 됐다. 3년간 정기적으로 만나 인터뷰를 거듭한 끝에 2015년 한 권의 책으로 완성했다. 이듬해 시바타 선생은 86세의 나이로 세상을 떠났다. 이 무렵 내게 진보초는 시바타 선생의 마지막 수업을 들으러 다니는 마을이었다. 시바타 선생이 돌아가시자 이와나미북센터는 곧 문을 닫았다. 그 자리에는 시바타 선생을 알지 못하는 사람이 새로운 서점을 운영 중이다. 세계 최고의 책 거리는 규모도 크고 역사도 긴 만큼 수많은 서점이 폐점을 거듭했다. 걷다 보면 그립기도 하고 좀 쓸쓸하기도 하다. 하지만 시바타 선생의 마지막 학생 중한 명이기에 그저 감상에 젖어 있을 수만은 없다. 시바타 선생은 생전 '진보초는 장사의 마을'이라 강조했다.

"책이 문화적이라 나도 그만 문화적인 사람인 양 얘기할 때가 있다. 하지만 이웃한 고서점 사람들은 훨씬 현실적이다. 좋은 책이 있네요, 하면 별말씀을, 쓰레기 같은 책뿐이

에요, 라고 거칠게 대답한다. 그게 좋다. 책을 어떻게든 돈
으로 바꿔 살아가는 곳이 서점이며, 진보초는 그런 상인
이 모인 동네다."

대대로 이어가는 서점도 많지만, 경영이 어려워져 사라
지는 가게도 적지 않다. 그리고 그 자리에 또 다른 서점이
들어선다. 이 신진대사야말로 새로운 장사를 낳고 역사
를 만든다.

요즘 일본 곳곳에 '셰어형 서점'이라 불리는 가게가 등
장하고 있다. 서점은 매장 내 책장을 유료로 빌려주고, 그
공간을 빌린 선반주는 자기 장서를 진열해 판매한다. 작
은 공간에서 책방 운영을 경험하는 식이다. 서점은 책장
임대료를 받아 가게 월세를 내기에 책 매출에 덜 영향받
는다. 선반주는 책을 팔아 소소한 용돈을 번다. 그보다
더 큰 매력은 자신이 내놓은 책을 사준 사람 또는 매장
을 공유하는 다른 선반주와 책을 통해 교류하는 계기가
생긴다는 점이다. 운영 방식과 수입 구조가 기존 신간 서
점이나 고서점과 다르다. 책이 팔리지 않는 시대, 그럼에
도 책이 필요치 않은 건 아니기에 탄생한 흥미로운 장사

수법이다.

셰어형 서점 중에서 가장 주목받는 곳이 진보초의 '파사주 바이 올 리뷰스'다. 프랑스 문학 연구자이자 작가인 가시마 시게루 교수가 기획한 서점으로 일반인은 물론 저명한 작가와 출판사 등이 선반주로 참여한다. 진보초는 상인 마을이라는 시바타 선생의 말이 떠오른다. 셰어형 서점에서 책을 판매해 돈을 잔뜩 버는 사람은 없지만, 지속 가능한 장사를 찾는 실험이라고 생각한다. 온갖 상식을 재검토하는 시대임은 틀림없다.

할아버지의 발자취를 더듬다

2020년부터 코로나 팬데믹으로 인해 진보초 방문을 삼가는 동안 나는 50대가 됐다. 2023년 들어 조금씩 다니는 횟수가 늘었는데, 최근 용무 중 하나는 할아버지의 발자취를 따라가는 일이다. 이름은 이시바시 다쓰노스케石橋辰之助, 만난 적은 없다. 아버지가 11세 때인 1948년에 병으로 돌아가셨다.

할아버지는 하이쿠 시인으로 전문가 사이에선 조금 알려진 듯하지만, 젊은 나이에 세상을 떠난 탓에 작품 외에 남겨진 기록은 적다. 다만 전쟁 중 반전反戰을 노래했다는 이유로 체포되는 등 흥미진진한 일화가 몇 개 있다. 오래 전부터 궁금해서 한번 손을 댔다가 당장 해야 할 일에 정신이 팔려 뒤로 미뤄둔 채였다. 그러다 역시 할아버지에 대해 알고 싶고 남에게 공개할 만한 문장으로 정리해두고 싶어 다시 조사를 시작했다.

알고 보니 할아버지도 진보초를 자주 찾았다. 하이쿠 시인 동료들과 모여 토론을 벌인 찻집, 근무하던 옆 동네 영화사 등등 1940년 전후의 일이다. 문학자니 당연히 진보초에 드나들었겠지, 80년 전 어떤 책을 구하러 이 거리를 걸었을까, 어느 서점에 들어갔을까, 어디서 밥을 먹고 술을 마셨을까…… 이런저런 상상을 하며 한동안 발자취를 찾아 돌아다닐 생각이다.

개인적인 진보초 체험만을 늘어놓았다. 전하고픈 건 서점이 많고 역사가 긴 이 마을은, 누구나 자신만의 사용법을 발견할 수 있다는 사실이다. 앞서 말한 미국인 지인처럼 나도 한국 사람들에게 꼭 진보초를 보러 와달라고 말하고 싶다. 책을 좋아하는 사람일수록 망설일지도 모르겠다. 가게 대부분이 일본어로 된 책만 진열하니. 책이 한

가득인데 거기에 적힌 글자를 읽지 못해 오히려 스트레스를 받으려나. 사실 나도 한국에서 느끼는 기분이다. 그나마 한국 사람은 꽤 유리하다. 한국책 전문인 북카페 '책거리'가 있어서다. 오랜 시간 한국책을 일본에 소개해 온 출판사 쿠온이 2015년 연 가게로, 매장 안 책 절반은 한국어 원서이며 절반은 일본어로 번역된 책이다. 직원 모두 한국어를 잘하고 대화를 즐기는 사람뿐이라 이것저것 상담해주리라.

이시바시 다케후미石橋毅史 작가

야스쿠니 거리에 위치한 책거리, 간판에 '한국 책 있어요'란 한글이 적혀 있다.

하나의 거대한 서점, 진보초

초판 1쇄 발행 2024년 3월 25일

지은이 | 박순주

펴낸곳 | 정은문고
펴낸이 | 이정화
디자인 | 원선우
독자교정 | 정연서

등록번호 | 제2009-00047호 2005년 12월 27일
주소 | 서울시 마포구 동교로13길 60
전화 | 02-392-0224
팩스 | 0303-3448-0224
이메일 | jungeunbooks@naver.com
블로그 | blog.naver.com/jungeunbooks
페이스북 | facebook.com/jungeunbooks

ISBN 979-11-85153-63-6(03810)